KB171605

자원외교는 왜 실패했나

자원외교는 왜 실패했나

지은이 안종호

발 행 2021년 5월 26일
펴낸이 한건희
펴낸곳 주식회사 부크크
출판사등록 2014.07.15.(제2014-16호)
주 소 서울특별시 금천구 가산디지털1로 119 SK트윈타워 A동 305호
전 화 1670-8316
이메일 info@bookk.co.kr

ISBN 979-11-372-4613-3

www.bookk.co.kr

자원외교는 왜 실패했나

안종호

BOOKK

차례

프롤로그…6

Chapter 1. 자원외교는 왜 시작됐나…7

Chapter 2. 한국석유공사의 자원외교…8

◆해외자원개발 프로젝트의 '선봉장' 역할 한 석유공사…8
◆미국 자회사 앵커홀딩스…10
◆영국 다나 페트롤리엄(Dana Petroleum)…12
◆미국 이글포드…15
◆캐나다 하베스트…17
◆카자흐스탄 알티우스…19
◆카스피안 LLP…21
◆아랍에미리트(UAE) 알 다프라(Al Dhafra)…25
◆UAE 애드녹 온쇼어(ADNOC Onshore)…26
◆페루 사비아 페루(Savia Peru)…28
◆미국 EP에너지…29
◆이라크 쿠르드 지역…30
◆콜롬비아 CPE 7…31
◆우즈베키스탄 나망간&추스트(Namangan&Chust)…33
◆콜롬비아 CPO2, CPO3…35
◆카자흐스탄 BNG…37

Chapter 3. 한국가스공사의 자원외교…38

◆인도네시아 크롱마네…42
◆동티모르 해상…42
◆사이프러스 해상…43
◆모잠비크 아레아4…44
◆캐나다 우미악…45
◆이라크 아카스·만수리아…46
◆미얀마 A1/A3…48
◆우즈벡 수르길…50
◆캐나다 혼리버…51
◆이라크 주바이르…53
◆이라크 바드라…54
◆인도네시아 세노로 가스전·DSLNG…55
◆러시아 서캄차카 해상…56
◆동티모르/호주 JPDA …57
◆미얀마 AD-7 …58
◆우즈베키스탄 우준쿠이…58
◆캐나다 코르도바 …59
◆캐나다 웨스트컷뱅크…60
◆모잠비크 Coral FLNG…61
◆캐나다 LNG Canada…61
◆오만 LNG…62
◆카타르 라스가스(Rasgas) LNG…63
◆예멘 YLNG…64
◆호주 GLNG…65
◆호주 프렐류드(Prelude) FLNG…66
◆멕시코 만사니요…67

◆가스공사 모잠비크 마푸토…69
◆우즈벡 CNG 충전소, 실린더…69

Chapter 4. 한국광물자원공사의 자원외교…71

◆필리핀 라푸라푸…76
◆중국 서안맥슨…77
◆중국 장가항…77
◆호주 미네르바&아데나…78
◆마다가스카르 암바토비 니켈광산…79
◆멕시코 볼레오 …80
◆호주 나라브리 …81
◆꼬브레파나마 …82
◆니제르 테기다…84
◆캐나다 캡스톤…84
◆칠레 산토도밍고…85
◆인도네시아 카푸아스…86
◆남아프리카공화국 잔드콥스드리프트…87
◆탄자니아 므쿠주…88

Chapter 5. 한국전력공사 및 계열사의 자원외교…92

◆한치앞도 못본 한전의 해외자원개발…93
◆자산 강매당한 발전 5개사 수익률 '쑥쑥'…94
◆마지막 남은 바이롱 광산 회수액은 0원…95

프롤로그

이명박(MB) 정부의 유산(?) 중 하나인 자원외교. 13년이 지났지만 우리 모두가 알다시피 이 사업은 실패했다. 다만 구체적으로 언제, 어디서, 어떻게 실패했는지 일목요연하게 정리해놓은 책이 없다.

이에 관련 모든 공기업들의 모든 사업을 들춰보기 위해 이 책을 만들었다. 처음에는 기사를 쓸 목적으로 만들었지만, 매일 기사를 작성하는 일간지의 특성상 분량 압박이 있었기 때문에 책으로 내도 좋겠다는 생각이 들어서 글을 쓰게 됐다.

MB 정부의 정책 실패로 자원외교가 부정적인 모습이 드러났지만 박근혜 정부, 문재인 정부도 책임이 있다.

이 책에서는 한국석유공사, 한국가스공사, 한국광물자원공사, 한국전력공사, 한국수력원자력, 한국전력 산하 발전 5개 공기업의 모든 사업을 들춰본다.

끝으로 이 책을 짓는 데 가장 큰 도움을 주신 장경태 더불어민주당 의원, 이도윤 e대한경제 정책금융부장, 공기업 관계자분들에게 감사드린다.

공기업들의 부진은 MB자원개발의 유산이다. 이들 공기업은 2008년부터 2020년까지 38조원을 해외자원 개발에 투입했으나 회수액은 30%도 안되는 11조원에 그쳤다.

석유공사의 경우 154억5836만달러를 해외자원개발에 투자했지만, 누적 회수액은 40억263만달러에 그쳤다. 가스공사도 119억7800만달러를 투입했으나 2020년 말까지 41억8000만달러를 회수하는데 그쳤다. 문재인 정부는 부실 투자손실을 최소화하기 위해 에너지공기업의 경영개선에 나섰으나 집권 마지막해인 2021년까지도 성과를 내지 못했다는 지적이다.

세종특별자치시 모 정부부처 기자실에서

안종호

Chapter 1. 자원외교는 왜 시작됐나

한국은 2008년 기준 세계 9위의 에너지 소비국이면서도, 소비되는 에너지의 97%를 해외 수입에 의존하는 자원빈국이다.

우리 경제는 해외 의존형 에너지 수급 구조로 인해 국제 원유가격의 변동 등 가격 정세 변화에 직접적인 영향을 받았기 때문에 수급에 불안정을 겪어 왔다.

또 공직사회에서는 1970년대 두 차례 있었던 석유 파동을 겪은 후, 우리의 에너지 수급 구조의 취약성으로 인해 반드시 자원의 안정적인 확보가 필요하다는 사실을 절감했다.

아울러 2000년대부터 원유와 원자재의 가격 급등 현상이 지속됐다. 러시아, 중남미 등 자원보유국에서 자원을 무기화하는 자원민족주의가 확산됐기 때문. 우리 정부는 에너지 정책의 패러다임을 '안정적인 도입'에서 '적극적인 해외자원개발'로 전환했다.

자원외교의 대표적인 아이템은 석유, 천연가스, 광물이다. 우리나라의 경우 석유가 사실상 매장돼 있지 않기 때문에 국내에서 필요한 모든 석유를 해외에서 수입해야만 한다.

천연가스와 광물은 국내에서 어느 정도 생산하는 사례가 있지만 이 역시도 국내 소비량과 비교하면 턱없이 부족해 대부분을 수입해야 하는 실정이었다.

이에 2008년 이명박 정부는 대대적인 해외 자원개발에 드라이브를 걸었다. 에너지 자주국가로 도약하겠다는 캐치프레이즈도 내걸었다. 수십조원의 혈세가 에너지공기업을 통해 해외의 광산, 광구, 유전으로 투입됐다. 결과는 우리가 아는 대로다.

단군 이래 최대 사기극이라는 혹평을 받을 정도로 손실은 컸다. 그로부터 10년 뒤, 문재인 정부는 에너지공기업 경영개선을 공언했다. 그러나 나아진 게 없다. 에너지공기업들은 여전히 부채에 허덕이고 있다.

해외자원개발 프로젝트의 '선봉장' 역할 한 석유공사

한국석유공사는 과거 MB정부 해외자원개발 프로젝트의 '선봉장'이었다. 30여건에 달하는 해외 자원개발 및 탐사에 나섰다. 투자규모도 에너지공기업 중 가장 많았다.

투자가 많으면 손실도 큰 법. 역설적이게도 해외자원개발 실패로 가장 큰 경영타격을 입은 곳이 석유공사였다. 2008년 이 공기업이 투자한 해외 자원개발 사업에서 흑자를 낸 사업은 단 한건도 없다. 부채비율은 2019년 말에만 3500%에 육박했다.

무리한 해외자원개발로 석유공사 내부는 곪을 대로 곪았다. 순손실 규모는 2015년 4조5000억원, 2016년 1조1188억원, 2017년 7367억원, 2018년 1조1595억원, 2019년 1547억원 등 해마다 발생하면서 지난해 자본잠식에 빠졌다.

이에 따라 부채비율도 2014년 221.27%에 그쳤지만 2017년 674.03%, 2018년 2287%, 2019년 3415%까지 급증했다. 지난 2020년 말 부채규모도 20조원을 웃돌 것으로 예상되면서, 석유공사의 부채비율은 3500%를 넘겼다.

석유공사가 금융권에서 빌린 장·단기 차입금만 14조2000억원에 달한다. 해외 자원개발과 관련해 소송 결과에 따라 지급해야 할 돈도 610억원에 달한다.

문제는 이 같은 해외자원 투자부실을 단기간에 털어내기가 쉽지 않다는 데 있다. 석유공사가 추진한 대표적인 사업은 영국 다나(Dana)사, 미국 앵커(Ankor) 해상, 미국 이글포드(Eagle Ford), 캐나다 하베스트(Harvest), 카자흐스탄 알티우스(Altius) 등이다.

이 가운데 회수율이 가장 높은 사업은 미국 앵커 해상광구 투자로 현재까지 64%(5억7363만달러)의 투자금을 회수했다. 영국 다나 해상

광구도 49억5700만달러를 투입해 지금까지 22억22543만달러(회수율 45%)를 회수했다.

그러나 대부분의 사업 회수율은 미진하다. 하베스트의 경우 인수에 40억7968만달러를 투입했지만 회수액은 2020년까지 3359만달러에 그쳐 회수율이 1%도 채 안된다. 아랍에미리트(UAE) 알 다프라에 4억 5187만달러를 투입한 사업도 현재까지 1.4%에 해당하는 655만달러 밖에 회수하지 못했다.

또 UAE의 애드녹 온쇼어 사업에도 2억4405만달러를 투입했지만 6%에 불과한 1500만달러만 건졌다. 회수율이 0%인 사업도 부지기수다. 우즈베키스탄의 웨스트 페르가나&차이나배드, 카자흐스탄의 블록 10, 세네갈의 UDO 투자에는 각각 1776만달러, 10만달러, 766만달러를 투입했지만 한 푼도 회수하지 못했다.

이 밖에도 석유공사는 콜롬비아, 이라크, 미국 등에서 15건의 생산·탐사를 진행하는데 19억3426만달러를 투입했지만 2억1542만달러(11%)를 회수하는 데 그쳤다. 10년 넘도록 회수율은 지지부진하다.

(표) 한국석유공사 자원외교 투자금 총액 (단위: 천USD)

구 분1)	금 액2)
투자금	15,458,367

1) 2008년 이후 추진된 해외자원개발사업 (산업부 사업신고 기준)
2) '20년말 산업부 반기보고 기준 (자산 매입액을 포함한 본사 현금 유출 누적액)

미국 자회사 앵커홀딩스

STX에너지는 2011년 11월 30일(현지시간) 미국 휴스턴에서 석유공사와 함께 미국 멕시코만 해상 생산유전 지분 인수 계약을 체결했다. (사진 오른쪽부터) 이병호 STX에너지 사장, 이명헌 앵커홀딩스(석유공사 미국법인) 사장, 글린 로버츠(Glynn Roberts) 노스스타 사장/출처 = STX에너지

(단위: 천USD)

구분	연도	재무실적		
		매출액	영업이익	당기순이익 (손실)
ANKOR E&P Holdings Corp.	2008	149,729	49,377	20,872
	2009	202,759	26,124	798
	2010	255,197	52,091	23,654
	2011	285,960	92,687	35,495
	2012	284,194	71,927	24,732
	2013	255,041	27,058	-35,028
	2014	209,051	34,275	-88,743
	2015	94,447	-58,627	-346,331
	2016	67,957	-16,964	-11,793
	2017	78,152	-8,318	-68,089
	2018	110,738	20,534	-34,353
	2019	91,328	13,627	11,851
	2020	41,568	-20,186	-130,248

석유공사의 미국 자회사인 앵커홀딩스는 2008년부터 2012년까지는 건실한 사업이었다. 2013년부터 석유공사가 미국 자원개발 사업을 추진하면서 광구 매장량을 부풀리고 사후 평가를 소홀히 하면서 문제는 불거졌다.

앵커 사업은 적자를 지속했는데 상업적 생산이 불가능한 곳까지 매장량에 포함했고, 사후 평가는 없었다.

석유공사는 앵커홀딩스가 획득한 광구의 매장량을 측정할 때 발견잠재자원량도 포함시켜 버렸다.

발견잠재자원량을 포함시켰다는 것은 애초에 상업 생산이 어려운 원유를 매장량 계산에 포함시켜 광구의 가치를 부풀렸다는 뜻.

앵커홀딩스는 2013년 7월부터 약 1년 6개월 동안 28공의 탐사 시추 작업을 진행하면서 평가 작업을 소홀히 했다. 시추 후 평가 없이 동일한 지역에서 9공의 작업을 했는데, 위험부담을 최소화하려고 노력하지 않고 결과적으로 예산을 낭비했다.

=2008년부터 2020년까지 당기순손실은 한화 약 6727억원.

영국 다나 페트롤리엄(Dana Petroleum)

(단위: 천USD)

구분	연도	재무실적		
		매출액	영업이익	당기순이익(손실)
Dana Petroleum Ltd.	2008	지분인수 전		
	2009			
	2010	483,906	29,853	46,715
	2011	1,535,505	343,680	-139,272
	2012	1,729,950	436,750	10,715
	2013	1,570,398	508,078	-71,956
	2014	1,124,537	54,787	-578,993
	2015	839,546	-82,742	-517,061
	2016	589,420	78,006	-89,847
	2017	629,749	165,254	9,510
	2018	1,354,915	379,940	145,735
	2019	1,095,588	317,277	129,064
	2020	622,423	2,338	-458,472

한국석유공사는 지난 2010년 9월 24일 영국 다나 페트롤리엄(Dana Petroleum)을 공개 매수했다. 주주로부터 64.26%의 지지를 확보해 적대적 인수합병(M&A)이 성공했다. 지분 전량을 매수하는데 총 3조4000억원이 투입됐다.

당시 국내 에너지 공기업의 해외기업에 대한 첫 적대적 M&A 성공 사례로 주목받았다. 하지만 이 사업도 매장량 과대평가, 실적 부진 등으로 2017년 기준 가치가 15억 달러(약 1조7000억원)로 평가됐다. 8년만에 가치가 절반으로 뚝 떨어진 셈.

일각에서는 인수 당시 평균 주가를 감안했을 때 석유공사가 1조원이나 더 많은 돈을 주고 다나를 인수했다는 의혹도 제기됐다.

다나社는 인수 당시 영국 북해를 비롯해 이집트 등 36개 지역에서 생산하는 원유를 비축했었다.

매장량은 2억2300만 배럴, 하루 생산량은 6만6000배럴로 추산됐지만 수년간 적자를 면치 못했다. 2017~2019년에는 적자를 탈출해 어느 정도 성과를 거뒀지만 2020년에 다시 대규모 손실을 입었다.

=2008년부터 2020년까지 당기순손실은 1조7053억원.

영국 북해 톨마운트 광구 위치

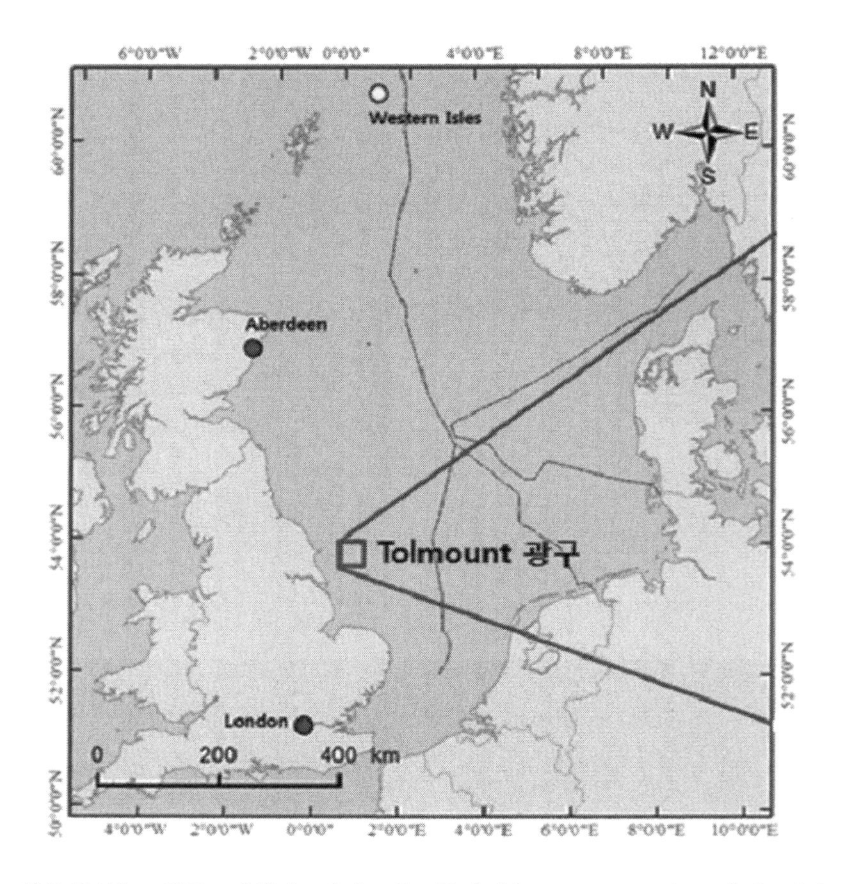

석유공사는 영국 자회사 다나 페트롤리엄(Dana Petroleum)이 보유한 북해 톨마운트 유전사업 지분 50% 가운데 절반인 25%를 영국 합자사인 프리미어오일에 2020년 매각했다.(자료제공=한국석유공사)

미국 이글포드

(단위: 천USD)

구분	연도	재무실적		
		매출액	영업이익	당기순이익(손실)
KNOC Eagle Ford Corporation	2008	지분인수 전		
	2009			
	2010			
	2011	145,685	21,854	-23,280
	2012	305,253	11,407	-41,402
	2013	452,221	90,256	56,954
	2014	654,855	54,533	26,355
	2015	418,759	-34,237	-56,252
	2016	299,527	-103,059	-127,769
	2017	331,745	50,958	43,062
	2018	410,451	146,096	139,657
	2019	308,433	61,842	64,161
	2020	178,786	-55,186	-407,069

한국석유공사는 2011년 미국 석유회사 아나다코(Anadako)로부터 이글포드 광구 지분 약 24%를 1조7400억원에 인수했다.

텍사스주 소재 이글포드 광구의 매장량은 5억 배럴로 추정됐다. 박근혜 정부 때부터 공기업 해외자원개발 사업이 사실상 중단되면서 민간기업의 해외자원개발 투자도 전반적으로 위축됐다.

석유공사는 결국 2018년 9월 이글포드 매각에 나섰다. 석유공사의 해외자원개발 사업 가운데 가장 알짜로 꼽히는 이글포드를 일체 매각하는 데 대해 석유공사 안팎에서 우려의 목소리가 제기되기도 했다.

이글포드 현장/석유공사 제공

이후 2019년에도 유가가 변수로 작용해 매각에 실패했다. 석유공사가 매각을 공식화할 당시 유가는 70달러 선이었지만, 2019년 초에는 40~50달러까지 급락했다. 국제 유가 하락세가 계속되면 석유공사가 가격 협상력에서 불리할 수 있어 매각을 서두르지 않고, 유가 흐름을 관망했다.

지지부진한 매각 작업 속에 석유공사는 2020년말까지 이글포드를 매각하지 못했다.

=2008~2020년 사이 이 회사의 당기순손실은 약 3670억원.

캐나다 하베스트

(단위: 천USD)

구분	연도	재무실적		
		매출액	영업이익	당기순이익(손실)
Harvest Operations Corp.	2008	지분인수 전		
	2009			
	2010	3,692,129	14,003	-78,841
	2011	4,384,868	-18,425	-98,417
	2012	5,780,801	-147,825	-727,893
	2013	920,454	42,233	-718,768
	2014	811,831	30,770	-412,276
	2015	361,574	-234,430	-1,436,894
	2016	217,090	-177,895	-264,013
	2017	219,853	-83,637	-217,587
	2018	220,689	-88,125	-293,550
	2019	266,194	-71,554	2,049
	2020	156,709	-110,175	-485,168

한국석유공사의 캐나다 하베스트사업은 대표적인 해외자원개발 실패사례다. 석유공사는 이명박정부 시절이던 2009년말 25억7600만캐나다달러에 하베스트를 인수했는데, 이 과정에서 약 20억캐나다달러에 이르는 부채는 별도로 껴앉았다.

하지만 인수 다음해인 2010년부터 2020년까지 2019년 한해를 제외하고 모두 손실을 봤다.

하베스트사업의 부실을 키운 결정적 요인은 정유사업(노스애틀랜틱

리파이닝·NARL)의 동반 인수라는 평가가 나온다.

캐나다 하베스트 사업/홈페이지 캡처

당초 한국석유공사는 2009년 9월 23일 하베스트의 상류부분만 인수하는 것으로 합의했었다. 그러나 10월 14일 협상이 결렬됐다.

하베스트측이 갑자기 상·하류 공동인수를 제안했기 때문이다. 일명 '끼워팔기'다.

10월 20일 결국 석유공사가 하베스트 상·하류사업을 공동 인수하기로 하면서 협상이 타결됐다. 석유공사의 결정에는 금융투자회사 매릴린치 연구결과가 결정적 영향을 미쳤다고 한다.

매릴린치는 하베스트 하류부분에 대한 사업평가를 시작한 지 4일 만에 NARL의 자산가치를 1조원 이상이라고 평가했다.

이후 하베스트 사업을 인수한 석유공사는 아니나 다를까 NARL 부실상태가 심화되자 2014년 11월 9730만캐나다달러(940억원)에 매각했다.

매각대금은 NARL 인수가격 9억3000만캐나다달러의 10분의 1 수준. 한국석유공사의 NARL 인수·매각 손실액은 15억5200만캐나다달러에 달했다.

=2008년부터 2020년까지 당기순손실은 5조3298억원.

카자흐스탄 알티우스

(단위: 천USD)

구분	연도	재무실적		
		매출액	영업이익	당기순이익(손실)
Altius Holdings Inc.	2008	지분인수 전		
	2009			
	2010			
	2011	210,969	48,710	17,450
	2012	256,644	58,683	35,848
	2013	280,193	85,644	48,611
	2014	192,105	55,229	38,083
	2015	101,386	-7,993	-93,130
	2016	69,962	9,750	-3,119
	2017	80,379	12,882	-18,514
	2018	103,452	36,794	28,902
	2019	91,222	35,467	34,904
	2020	49,117	6,564	3,824

알티우스는 인수 당시인 2011년부터 2014년까지 흑자를 기록했다. 석유공사 카자흐스탄 법인은 한국 본사 지원을 전혀 받지 않았다.

알티우스와 아다광구에서 경영자금이 나오면서 캐시카우 역할을 했기 때문이다. 2013년 아다광구가 상업생산을 시작하면서 매출은 확대됐다.

아다 광구(개발광구)는 한국석유공사가 탐사부터 개발 · 생산까지 온전히 자체 기술만으로 성공했기에 의미가 깊은 곳이다.

이러한 성과의 결과로 알티우스는 2015년을 제외하고 모두 영업이익 흑자를 실현했다.

한국석유공사가 인수한 '알티우스'사 악자르 광구의 저유고 시설. /사진=한국석유공사

카자흐스탄과 맺은 모든 계약상 한국으로 원유를 들고 갈 수는 있었다.

예를 들어 흑해를 거쳐 한국으로 배로 운송하거나, 중국 국경을 거쳐 산동반도-인천으로 운반하는 경우다.

다만 러시아, 중국으로 수출 대비 추가 수송료가 5~10달러 정도 더 들기 때문에 석유공사는 카자흐스탄으로부터 추출한 석유를 굳이 국내에 반입하지는 않았다.

=2008년부터 2020년까지 당기순이익은 1046억원.

카스피안 LLP

(단위: 천USD)

구분	연도	재무실적		
		매출액	영업이익	당기순이익(손실)
KNOC Caspian LLP	2008	지분인수 전		
	2009			
	2010	39,120	-12,949	-16,688
	2011	71,388	5,366	-4,668
	2012	90,089	5,242	-6,377
	2013	151,602	26,811	-3,093
	2014	155,136	20,780	-77,079
	2015	95,555	-7,308	-174,836
	2016	64,441	11,233	-2,459
	2017	93,060	27,568	613
	2018	144,132	50,010	-32,452
	2019	148,717	45,352	13,533
	2020	84,059	19,502	-19,916

석유공사는 2009년 카스피안 광구개발에 4억2400만달러(4485억원)를 투자했는데 이 당시만 해도 카스피해는 '기회의 땅'으로 불렸다.

세계 최대의 잠재 매장량을 자랑하면서도 개발이 늦어진 카자흐스탄의 카스피해 연안 유전개발 참여를 추진한 한국 기업들이 본격적인 실천 단계에 접어든다.

카스피해 연안의 석유 매장량은 이 당시 확인된 것만해도 394억 배럴이며 잠재 매장량은 세계 최대 규모라는 사우디 아라비아(2600억 배럴)와 비슷한 2600억 배럴로 추산됐다.

카스피해에 접해 있는 5개 나라 가운데 카자흐스탄은 가장 긴 해안선을 갖고 있기 때문에 매장량도 372억 배럴(세계 7위)로 가장 많았다.

우리 정부는 중동 지역에 대한 지나친 의존을 줄이고 에너지 자주원을 확보한다는 차원에서 대체 유전 프로젝트의 일환으로 수년전부터 카자흐스탄에 관심을 가져왔다.

그러나 카자흐스탄은 아직 사회간접시설이 부족하고 법·제도가 미비할 뿐더러 내륙지방이기 때문에 유전개발에 성공하더라도 수출망과 수송망을 확보해야 했다.

=2008년부터 2020년까지 당기순손실은 3643억원.

□ 한국석유공사 주요 자원 매각실적

(단위 : 백만USD)

구분	'12	'13	'14	'15	'16	'17	'18	'19	'20	계
하베스트	75	174	440	34	58	-	4.7	9.1	1.0	796
앵커	308	-	-	-	-	-	-	-	10	308
다나	-	4	10	0.1	60	-	-	-	-	74
이글포드	341	166	11	-	-	-	-	-	-	518
OIG	1	2	1.9	-	0.3	-	-	-	-	5.2
카작잠빌	-	-	-	-	1.8	1.7	-	-	-	3.5
중국마황산서	-	-	3.4	-	-	-	-	-	-	3.4
인니SES	-	-	46	-	-	-	-	-	-	46
동해-2	-	-	3	-	-	-	-	-	-	3
두성호	-	-	-	-	-	-	5.1	-	-	5.1

* 2012년부터 2020년 12월말까지 매각 실적(투자유치금액 포함)

2008년~2020년 석유공사의 자원외교 인수자회사, 기타진행 사업

(단위: 천USD)

구분	사업명	진행여부	사업단계	누적 투자액	누적 회수액	누적 회수율
인수자회사사업	미국 Ankor 해상	진행	생산	897,944	573,627	64%
	영국 Dana	진행	생산	4,957,086	2,225,341	45%
	미국 Eagle Ford	진행	생산	1,926,932	678,147	35%
	캐나다 Harvest	진행	생산	4,079,678	33,588	1%
	카작 Altius	진행	생산	516,826	223,351	43%
	카작 KNOC Caspian	진행	생산	424,201	31,615	7%
소 계 (A)				**12,802,667**	**3,765,669**	**29%**
기타진행사업	UAE Al Dhafra	진행	생산	451,872	6,550	1%
	UAE ADNOC Onshore	진행	생산	244,054	15,000	6%
	우즈벡 West Fergana & Chinabad	진행	탐사	17,756	-	-
	카자흐스탄 Block 10	진행	탐사	100	-	-
	세네갈 UDO	진행	탐사	7,655	-	-
소 계 (B)				**721,437**	**21,550**	**3%**

아랍에미리트 알 다프라(UAE Al Dhafra)

한국석유공사는 아부다비국영석유공사(ADNOC), 국내 기업인 GS에너지와 손잡고 지난 2012년 3월부터 오는 2042년 3월까지 약 30년간 할리바 유전과 알함라 유전을 포함하는 'UAE 알 다프라(Al Dhafra) 사업'을 진행하고 있다.

한국석유공사의 아랍에미리트(UAE) 알 다프라(Al Dhafra) 광구 위치도./사진=한국석유공사

알 다프라 개발 부지는 아부다비에서 육상으로 남동쪽 120㎞ 지점에 있는데 총 면적 4410㎢ 규모이다. 석유공사는 30% 지분을 투자했으며, 일평균 3만 3000배럴의 원유를 생산하고 있다.

UAE 정부로부터 2014년 탐사권을 취득한 할리바 유전과 인근지역 총 1123㎢ 면적에 탐사를 벌여온 석유공사는 2019년 6월 할리바 유전에서 원유 상업생산에 성공하고, 같은 해 9월 국내 수급에 불안정을 겪을 때에는 직접 들여오기 시작했다. 2020년 말까지 4억5187만달러를 투자해 1%에 불과한 6555만달러를 회수했다.

UAE 애드녹 온쇼어(ADNOC Onshore)

석유공사와 GS에너지 등 한국컨소시엄은 지난 2012년 ADNOC와 광구 참여계약을 맺어 탐사 사업을 추진해왔다. 특히 할리바 유전에서 상업적 매장량을 확인해 생산에 성공했다.

이 사업은 UAE 국영석유회사 애드녹의 자회사인 애드녹 온쇼어가 추진하는 육상생산광구에서 석유를 생산하는 내용을 골자로 한다.

애드녹 온쇼어의 아랍에미리트 육상광구 모습./석유공사 제공

이 광구는 전체 매장량이 약 257억배럴에 달하고 하루 평균 약 168만배럴(2018년 기준)의 원유 생산할 수 있는 초대형 유전으로 알려졌다. 2020년 말까지 2억4405만달러를 투자해 약 6%인 1500만달러를 회수했다.

2008년~2020년 석유공사의 자원외교 종료사업

(단위: 천USD)

구분	사업명[1]	진행 여부	사업 단계	누적 투자액	누적 회수액	누적 회수율
종료사업	Savia Peru	종료	생산	702,964	92,329	13%
	EP Energy	종료	생산	500,300	90,946	18%
	Hawler	종료	생산	189,271	25,518	13%
	CPE 7	종료	탐사	34,790	-	-
	Namangan & Chust	종료	탐사	27,902	1,757	6%
	Sangaw South	종료	탐사	204,237	-	-
	Qush Tappa	종료	탐사	143,141	-	-
	Sangaw North	종료	탐사	49,154	-	-
	CPO 2	종료	탐사	11,808	-	-
	CPO 3	종료	탐사	9,419	-	-
	Martha	종료	탐사	5,914	-	-
	VR 317	종료	탐사	801	-	-
	EI278	종료	탐사	366	-	-
	BNG	종료	탐사	6,500	4,870	75%
	Block 2B	종료	탐사	47,696	-	-
소 계 (C)				**1,934,263**	**215,420**	**11%**
총 계 (A+B+C)				**15,458,367**	**4,002,639**	**26%**

페루 사비아 페루(Savia Peru)

석유공사는 2009년 2월 콜롬비아 국영석유회사와 페루의 페트로테크(지분 50%)를 인수한 뒤 사명을 사비아페루로 변경했다.

사비아페루는 페루 수도 리마에서 1200km떨어진 북서부 탈랄라지역에서 있다. 생산광구 1개와 탐사광구(육상 1개, 해상 9기) 10개를 보유했다.

다만 2013년에는 한국석유공사가 사비아페루 사업에서 유가 변동 예측 오류로 1660억원이나 손실을 봤다.

사비아 페루(Savia Peru)의 석유 시추 시설 모습. /사진=페루 뉴스매체 헤스티온(Gestion)

이 광구의 최초 인수가격은 4억5000만 달러였다. 그런데 석유공사가 유례없이 유가 변동에 따른 추가 인수 대금 지급을 약속했고, 그 결과 1억5000만 달러를 추가로 지급했다.

계약에는 인수 후 2년간 평균유가를 기준으로 단계를 구분해 인수

가격을 조정하는 방식을 적용했는데, 유가가 60~70 달러 미만인 경우 1억 달러를, 70달러 초과시 1억5000만 달러의 추가 인수 대금을 지급하기로 했다.

그런데 인수 후 2년 간 평균 유가가 72.98불이었고, 결국 계약 조건에 따라 석유공사는 1억5000만달러를 추가로 지불한 것. 결국 2021년 석유공사가 페루 사비아 페루의 지분을 전량 매각했다.

석유공사가 이 사업에 투자한 돈은 7억296만달러로, 회수액은 13% 수준인 9233만달러다.

미국 EP에너지

석유공사는 2012년 3월 미국의 사모투자펀드(PEF)인 아폴로글로벌매니지먼트그룹 등과 컨소시엄을 맺었다. 이를 통해 석유개발회사 엘파소로부터 71억5000만달러에 EP에너지를 인수했다.

아폴로그룹을 중심으로 석유공사, 리버스톤홀딩스, 엑세스인더스트리 등 전략적투자자(SI)들이 자본금 33억달러를 대고 나머지는 차입매수(LBO)로 조달했다. 이 중에서 석유공사는 5억달러를 투자해 지분 15%를 확보했다.

2014년 이후 국제 유가가 줄곧 하락하면서 몇 년간 셰일업계의 위험이 커지고 있었다. 이로 인해 파산한 북미 셰일 및 에너지기업 수는 2017년 24개, 2018년 28개, 2019년 42개로 증가했다.

한국석유공사가 출자한 EP에너지도 2020년 파산 신청을 했다. 석유공사는 EP에너지에 총 5억30만달러를 투자해 18%인 9095만달러를 회수하는 데 그쳤다.

이라크 쿠르드 지역

한국석유공사의 이라크 쿠르드 지역 원유탐사 광구 현황

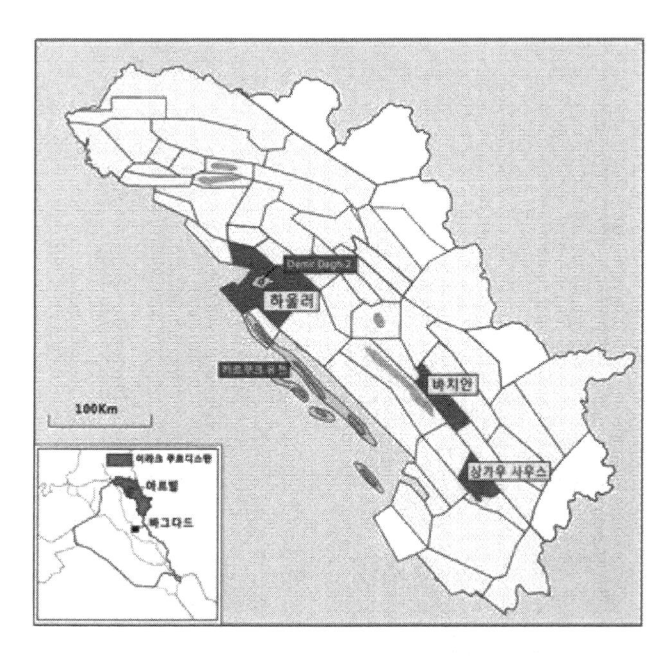

자료: 한국석유공사

지난 2008년 6월 정부는 이라크 쿠르드 유전개발사업에 본격 뛰어들기 시작했다.

이라크 쿠르드지역에 고속도로 같은 사회간접자본(이하 SOC)을 건설해주고, 그 대가로 유전개발권을 받는 사업구조로 계약을 체결했다.

이 지역은 추정매장량 72억 배럴이의 석유가 저장돼 있는 노다지라는 평가를 받았다. 정부는 쿠르드와 5개 광권 계약을 체결했다.

5개 광구는 바지안(Bazian), 큐스 타파(Qush tappa), 사나가우 노스(Sangaw North),사나가우 사우스(Sangaw South), 하울러(Hawler) 등이다.

하지만 쿠르드 지역은 지정학적으로 호락호락하지 않았다. 악재가 많았던 것. 이라크 중앙정부와 크루드 지방정부(KRG) 간 갈등으로 인해 개발에 방해를 받기도 했다.

결국 한국석유공사는 원유개발 사업이 어려움을 겪자 지난 2012년 9월 규모를 대폭 축소했다.

석유공사는 사업 전망이 불투명하다는 이유로 광구 5곳 가운데 쿠쉬타파와 상가우 노스 광구 지분 전체, 상가우 사우스 지분 절반을 반납했다.

공사는 KRG가 자체 SOC 사업을 하도록 1억 달러의 현금을 지급하기로 했다. 달리 얘기하면 사업시행자였던 석유공사는 자금만 조달하게 됐다.

이라크 하울러 사업에 석유공사가 투자한 비용은 총 1조8927만달러인데 회수액은 2552만달러로 13%에 불과했다.

사나가우 사우스(2조424만달러), 사나가우 노스(4915만달러), 쿠슈타파(1조4314만달러) 등 3개 사업에서는 회수액이 0원이다.

콜롬비아 CPE 7

2008년 한국석유공사가 지분율 60%로 참여한 'CPE 7' 광구는 면적이 1만2318㎢로 아르헨티나 민간 석유회사인 플러스페트롤이 지분 40%와 운영권을 갖고 사업을 시작했다.

석유공사는 아르헨티나 플러스페트롤사와 중국 CNPC 등 컨소시엄을 통해 콜롬비아 중질유 광구 입찰에 참여했다. 이후 콜롬비아 동부 야노스(Llanos) 분지에 위치한 육상 7광구(CPE7) 낙찰자로 선정됐다.

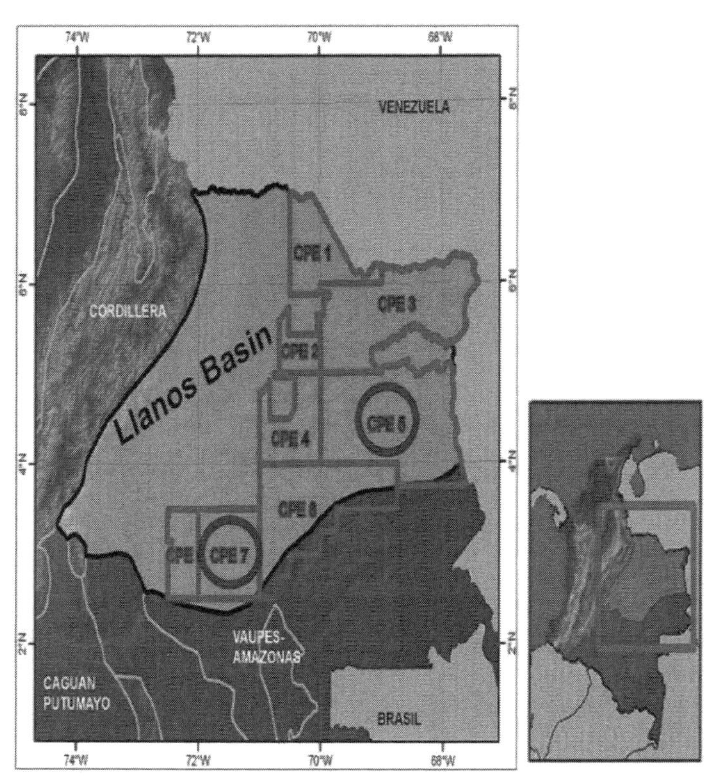

콜롬비아 CPE 7 광구 위치./석유공사 제공

야노스 분지는 콜롬비아 동부에 위치한 곳으로 당시 약 130개의 유전에서 원유가 생산됐다. 이는 콜롬비아 전체 원유 생산량의 약 70%를 차지한다.

석유공사는 2008년 8월 콜롬비아 석유청(ANH)의 승인을 거쳐 기술평가계약(Technical Evaluation Agreement)을 체결했다.

다만 기대와는 달리 석유공사는 이 사업에서 한 푼도 회수하지 못했다. 투자액은 3479만달러.

우즈베키스탄 나망간&추스트(Namangan&Chust)

2008년 11월 석유공사는 우즈베키스탄 국영석유사인 우즈벡네프테가스(Uzbekneftegaz)사와 우즈벡 동부의 나망간(Namangan)과 추스트(Chust) 등 2개 광구 탐사계약을 체결했다.

두 광구는 우즈벡 동부 육상 키르기즈스탄 접경 페르가나 분지에 위치한다. 당초 기대 매장량은 가스 1050만t, 원유 6700만 배럴이었다.

석유공사는 2011년 생산을 목표로 사업을 진행했다. 이 사업에서 성과가 아예 없었던 것은 아니다. 총 2790만달러를 투자해 6% 수준인 176만달러를 회수했다. 다만 거기까지였다.

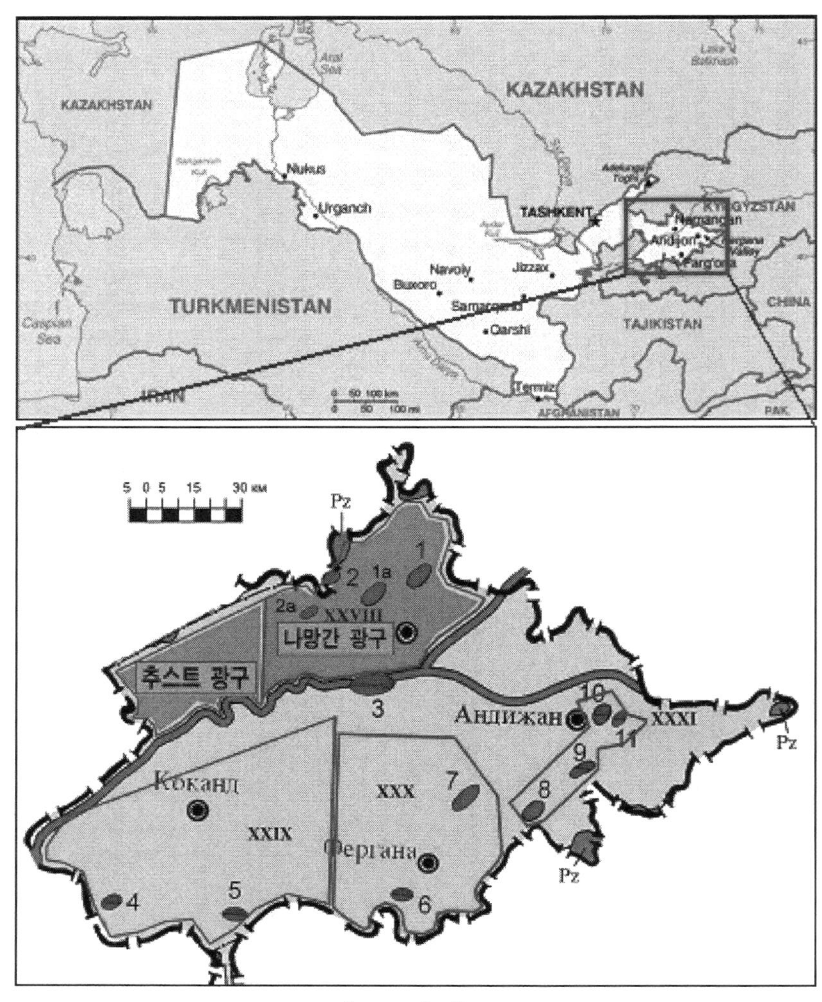

< 광구 위치도 >

나망간&추스트 위치./석유공사 제공

콜롬비아 CPO2, CPO3

석유공사는 지난 2008년 12월 콜롬비아 CPO-2와 CPO-3 광구 지분 30%를 확보하며 콜롬비아 석유청과 계약을 체결했다.

아르헨티나 석유회사 플러스페트롤이 지분 70%를 가지고 운영권을 행사하는 광구로 석유공사는 사업성이 높다고 내다봤다.

다만 콜롬비아 CPO-2와 CPO-3 광구는 이듬해(2009년) 감사원 감사에서 원유탐사 성공 확률을 임의로 높여 계약한 사실이 드러나면서 논란이 되기도 했다.

감사원은 석유공사 팀장이 두 탐사 사업을 총괄하면서 근거도 없이 성공 확률을 높여 보고했다고 지적했다.

석유공사는 감사원의 지적에 대해 실제 원유탐사 성공 확률이 높다며 반박하기도 했지만, 결국 원유를 찾지 못하고 사업에서 철수했다.

석유공사는 CPO 2 사업에 1181만달러를 투자했고, CPO 3 사업에는 942만달러를 투자했지만 회수액은 0원이었다.

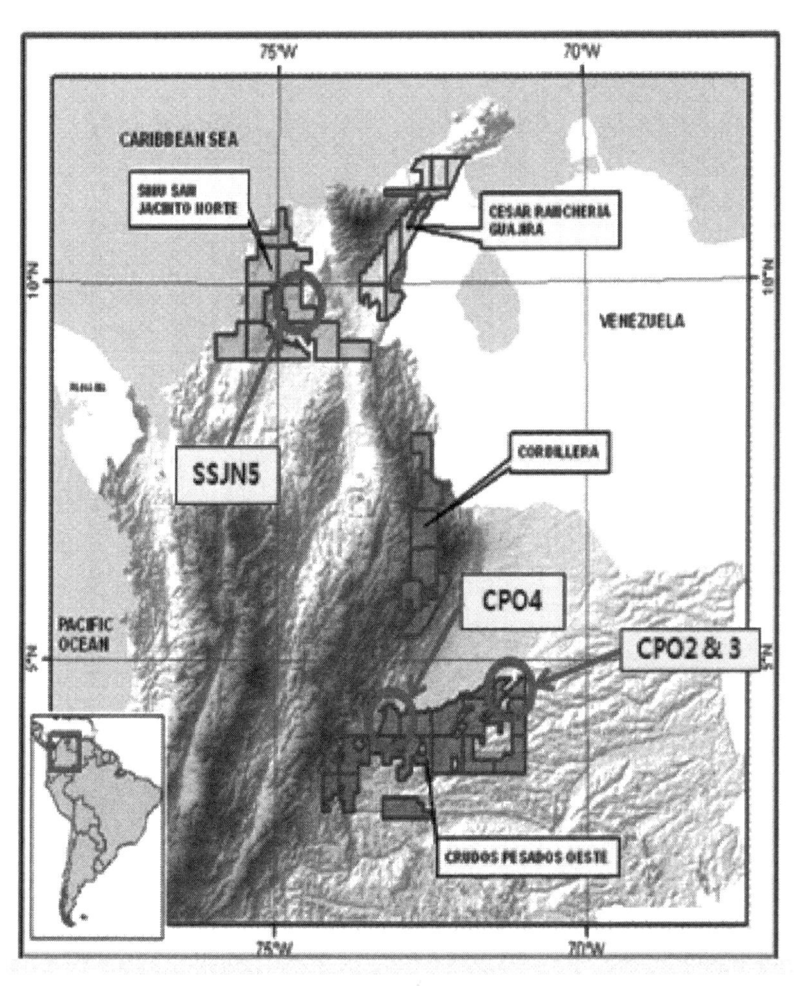

CPO2 & 3 지도/석유공사 제공

카자흐스탄 BNG

한국석유공사는 2012년 5월 카자흐스탄 첫 진출 광구인 아다광구의 생산광구 전환 승인을 위한 서류를 제출했다.

아다광구는 석유공사가 카자흐스탄에서 처음으로 인수한 유전이자 생산광구로 전환한 첫 사례여서 의미가 깊었다. 특히 다른 광구와 달리 탐사·발견에서부터 생산까지 직접한 데 의의가 있었다.

아다광구 현장설비는 이 당시 하루 3200배럴의 석유를 뽑아냈으며 2011년 11월에는 송유관 연결 작업도 마무리 지었다.

석유 시추와 함께 나오는 수반가스도 기존에는 태워버렸지만 2012년에는 전력생산과 수분 분리를 위한 원유가열에 100% 재활용하고 하는 단계에 접어들기도 했다.

석유공사가 이 사업에 투자한 금액은 650만달러인데 회수액은 75% 수준인 487만달러다.

BNG 광구 A5 유정/사진 = 대한뉴팜 제공

한국가스공사는 1996년부터 지난해까지 13조원이 넘는 돈을 해외 자원개발에 투입했다. 누적 투자액으로는 한국석유공사에 이어 두 번째로 많은 규모다.

2020년 말까지 가스공사의 해외투자 회수율은 35% 남짓.

가스공사의 해외사업은 크게 3가지로 나뉜다. 석유개발 · 탐사 · 생산 등을 하는 E&P, 액화천연가스 개발 · 생산 사업인 LNG, 충전소 등을 구축하는 인프라 사업이다.

가스공사는 MB정권 이전에 소규모 해외사업으로 재미를 봤다. 1996년에 오만의 LNG 생산에 200만 달러를 투자해 138배에 달하는 2억7600만달러를 벌어들였다. 1999년에는 카타르 라스가스 LNG 생산에 1700만달러를 투입해 73배에 달하는 12억4600만달러를 벌기도 했다.

문제는 2008년부터다. 인도네시아 크룽마네, 동티모르 해상, 사이프러스 해상, 모잠비크 아레아4 등 4개의 탐사 사업과 캐나다 우미악, 이라크 아카스 · 만수리야 사업 등 3개의 개발 사업에 총 11억6600만 달러를 투자했지만 4300만달러를 회수하는데 그쳤다.

또 미얀마 A1 · A3, 우즈벡 수르길, 캐나다 혼리버, 이라크 주바이르와 바드라, 인도네시아 세노로 가스전 등 6개의 E&P 생산사업에 28억4300만달러를 투자해 15억9200만달러를 회수하는 데 그쳤다.

모잠비크 코랄 FLNG, LNG 캐나다, 인도네시아 DSLNG, 호주 GLNG 등 8개의 LNG 개발 및 생산사업에서는 74억9900만달러를 투자했지만 33%인 24억7300만달러만 회수했다.

13개국에서 25개 프로젝트 진행 중, 6개 사업 종료

구분	E&P사업				LNG사업			인프라 사업	합계
	탐사	개발	생산	소계	개발	생산	소계		
진행	4	3	6	13	2	6	8	4	25
종료	4	2	-	6	-	-	-	-	6

('20.12월말 기준, 단위 : 백만불,%)

1996

⑯오만 OLNG

1999~2001

⑰RasGas LNG
⑧미얀마 A1

2005~2006

⑧미얀마 A3
⑱예멘 YLNG
(종료)러 서캄차카
(종료)동티/호주 JPDA

2007

①인니 크롱마네
②동티모르 해상
④모잠비크 Area4
㉒멕시코 만사니요

2008

(종료)우즈벡 우즌쿠이
(종료)미얀마 AD-7

2009

⑩캐나다 혼리버
⑪이라크 주바이르
⑫이라크 바드라
⑧미얀마 A1/A3
(종료)캐 웨스트컷뱅크

2010

⑥이라크 아카스
⑦이라크 만수리아
⑬인니 세노로 가스전
⑲인니 DSLNG
⑳호주 GLNG
㉔우즈벡 CNG 실린더
㉕우즈벡 CNG 충전소

2011

⑤캐나다 우미악
⑮캐나다 LNG Canada
㉑호주 Prelude LNG
(종료)캐나다 코르도바

2012

③사이프러스 해상
⑨우즈벡 수르길
㉓모잠비크 마푸토

2017 ~ 2018

⑭모잠비크 Coral FLNG
⑮LNG Canada Phase Ⅰ
(최종투자의사결정)

E&P 탐사
E&P 개발생산
LNG 사업
인프라사업

한국가스공사의 E&P 사업

E&P는 석유개발, 탐사와 생산(Exploration & Production)

구분		사 업 명	사업기간	지분(%)	총사업비	투자비	회수액	회수율
E&P	탐사	크룽마네	'07~'29	15	48	45	-	-
		동티모르	'07~'20	10	43	32	-	-
		사이프러스	'13~'20	20	132	114	-	-
		모잠비크 Area4	'07~'54	10	579	501	-	-
	개발	우미악	'11~종료	20	166	22	-	-
		아카스	'11~'31	75	2,659	422	43	10
		만수리야	'11~'31	15	383	30	0	0
	생산	A1/A3	'01~'38	8.5	476	365	573	157
		수르길	'08~'41	22.5	322	310	38	12
		혼리버	'10~종료	50	875	670	-	-
		주바이르	'10~'35	23.75	497	378	409	108
		바드라	'10~'30	22.5	990	895	461	52
		세노로	'11~'27	9.8	239	225	111	49
	종료(6)	서캄차카	'05~'08	4	25	25	-	-
		PDA	'06~'10	30	48	48	-	-
		AD-7	'08~'09	10	8	8	-	-
		우준쿠이	'08~'16	25	6	6	-	-
		코르도바	'11~'16	5	112	27	-	-
		웨스트 컷뱅크	'10~'18	50	463	262	-	-
	소 계				8,071	4,385	1,519	37.3

('20.12월말 기준, 단위 : 백만불,%)

가스공사의 LNG, 인프라 사업(총계는 E&P+LNG+인프라)

구분		사업명	사업기간	지분(%)	총사업비	투자비	회수액	회수율
LNG(8)	개발	Coral FLNG	'17~'47	10	513	322	-	-
		LNG Canada	'11~'64	5	1,292	606	-	-
	생산	오만 LNG	'96~'25	1.2	8	2	276	14,371
		RasGas LNG	'99~'29	3	29	17	1,246	7,459
		YLNG	'05~'34	8.88	380	337	296	88
		DSLNG	'11~'27	14.98	458	382	204	53
		GLNG	'11~'44	15	4,130	3,968	425	11
		Prelude FLNG	'11~'39	10	2,050	1,865	26	1
	소 계				0	0	0	33
자원개발사업 계					16,947	11,883	4,108	34.6
인프라(4)		만사니요	'08~'31	25	60	50	40	82
		마푸토	'12~'34	70	38	38	32	84
		우즈벡 CNG 충전소	'11~'25	19.4	2	2	-	-
		우즈벡 CNG 실린더	'11~'25	17.9	5	5	-	-
	소 계				0	0	72	75.8
총 계					17,052	11,978	4,180	34.9

('20.12월말 기준, 단위 : 백만불,%)

투 자 비 (백만불)	E&P사업				LNG사업			인프라 사업	합계
	탐사	개발	생산	소계	개발	생산	소계		
	779	763	2,843	4,385	928	6,571	7,499	95	11,978

회수액 (백만불)	E&P사업	LNG사업	인프라 사업	합계	투자비 대비 회수율
	1,635	2,473	72	4,180	34.9%

인도네시아 크롱마네

한국가스공사는 지난 2007년 이탈리아 에니로부터 지분을 사들여 사업을 추진했다. 크롱마네 사업은 북수마트라 북동부 해상에 위치한 1255km^2 규모의 해상광구를 개발하는 프로젝트다.

사업은 초기부터 삐걱거렸다. 2008년 시추공 탐사를 추진했으나 실패했다. 당시 국정감사에서는 "최초 예상 매장량 추정부터 잘못됐다"는 지적이 제기될 정도로 가스공사가 헛다리를 짚었다.

시추공 탐사에 실패하고 해상광구 개발이 늦어지며 가스공사의 인니 자회사(KG Krueng Mane Ltd)는 적자를 냈다.

가스공사는 2020년 12월 30일 이사회에서 인니 크롱마네 탐사 사업 지분 매각 추진안을 의결했다.

크롱마네에 가스공사가 투자한 돈은 4500만달러지만 매각에 차질을 겪고 있다. 2020년 말 기준 크롱마네 광구 지분은 가스공사가 15%, 이탈리아 에니(Eni)가 85%를 갖고 있다.

동티모르 해상

가스공사는 2007년 이탈리아 국영기업 에니사 그리고 동티모르 정부와 계약을 맺고 동티모르 해상 탐사사업 광구에 대한 1~2기 지질탐사를 진행했다.

가스공사의 동티모르 해상광구 탐사사업은 연이은 탐사 실패로 사업 성과가 전무했다.

2011년 시추작업을 벌였지만 원유·천연가스도 나오지 않아 탐사를 종료했다. 이후 2013년 8월 지질탐사(3기)를 추가 진행했는데 이마저도 종료기한인 2018년 3월까지 시추작업에 착수하지도 못했다. 12년째 탐사 성과가 제로였다.

다만 가스공사는 고집을 부렸다. 추가 지질분석을 통해 유망한 장소를 계속 찾겠다는 의지로 사업을 또 2년 연장했고, 2020년 6월 사업 기한이 종료됐다. 14년째 지질분석만 하다 사업을 종료하게 된 셈이다.

이 사업에 가스공사는 총 3200만달러를 투자했지만 회수액은 0원에 불과하다.

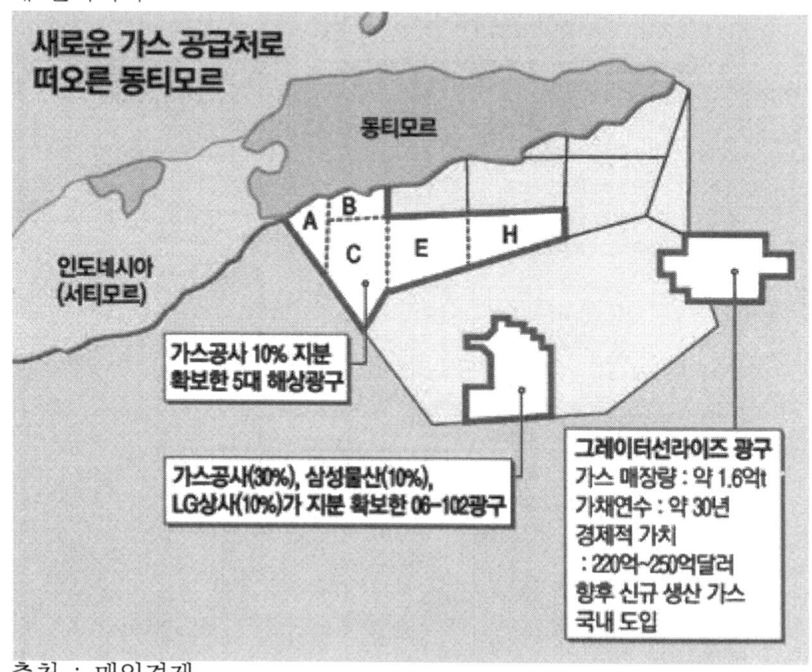

출처 : 매일경제

사이프러스 해상

한국가스공사는 이탈리아 에니와 컨소시엄을 구성해 2012년 5월 입찰에 참여했다. 이후 2013년 1월 사이프러스(키프로스) 정부와 2,3,9번 해상 광구에 대한 탐사권 계약을 체결했다.

사이프러스 정부로부터 3개 해상 광구에 대해 광권 수여를 통보받

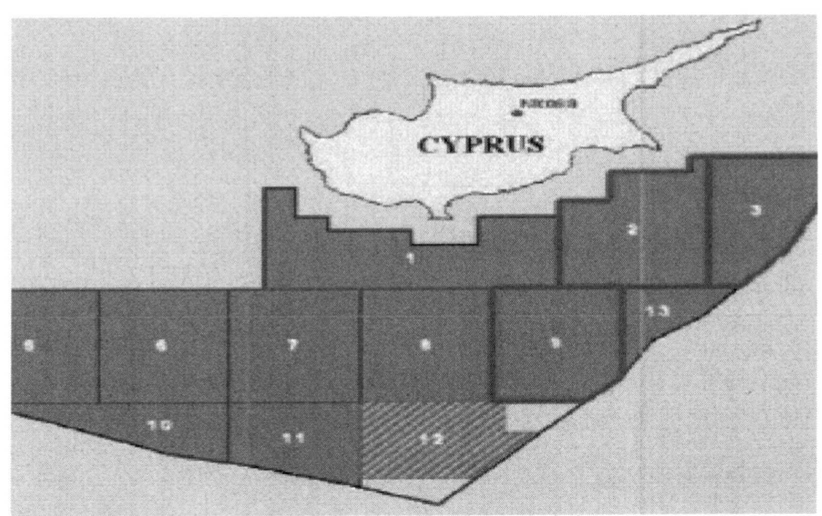

은 가스공사는 컨소시엄 지분 20%를 갖고 있었다.

이후 2014년 9월 에니의 시추선이 지난주 사이프러스 해역에 도착해 9번 해상광구의 본격적인 시추작업에 들어갔다. 3개월간 해저 5500m까지 굴착했지만 아무런 성과가 없었다.

가스공사는 이 사업에 총 1억1400만달러를 투자했지만 회수액은 0원이다.

모잠비크 아레아(Area) 4

한국가스공사는 2011년 10월 아프리카 모잠비크 북부해상에서 대규모 천연가스전을 발견했다. 가스가 발견된 탐사정은 아레아4 광구의 네 개 탐사정 중 첫 번째 탐사정이다. 이 탐사정의 잠재 자원량은 약 3억4000만t에 달할 것으로 당초 전망됐었다.

당시 가스공사는 "이번 가스 발견으로 대한민국의 천연가스 소비량 약 1년치를 확보했다"고 설명했지만 회수액은 0원에 그쳤다.

이 광구의 지분은 가스공사가 10%, 에니(ENI)사가 70%, ENH사가

10%, 갈프(GALP)사가 10%를 보유했었다.

가스공사 모잠비크 탐사사업

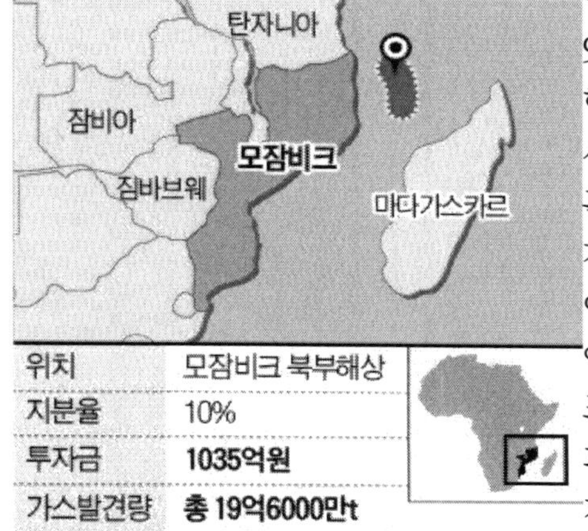

위치	모잠비크 북부해상
지분율	10%
투자금	**1035억원**
가스발견량	**총 19억6000만t**
생산연도	2019년

(출처 : 한국경제신문)

이후 한국가스공사는 2013년 9월 아프리카 모잠비크 북부 해상 아레아(Area) 4 광구에서 7Tcf, 1억5000만t에 이르는 초대형 규모의 가스를 추가로 확보했다.

이 발견은 2013년 5월 시추에 착수해 수심 2492m, 목표심도 6203m까지 시추하는 과정에서 모두 160m 두께의 가스층을 확인하면서 이뤄졌다.

2020년말까지 투자비는 5억100만달러지만 회수액은 0원.

모잠비크 광구 개발 사업기간은 2007년 2월부터 2054년 1월까지로 약 50년에 걸친 사업이다. 아직 회수액은 없지만 여전히 진행기간이 많이 남은 만큼 아직까지는 평가하기 이르다.

캐나다 우미악

한국가스공사는 캐나다 MGM Energy의 우미악 가스전 지분 20%를 2011년 1월 매입했다.

이 사업은 캐나다 노스웨스트주 이누빅시에서 북서쪽으로 115㎞ 떨어진 북극권(북위 69도) 메켄지 델타 지역에 있는 우미악 가스전은 발견잠재 자원량이 액화천연가스(LNG) 환산 기준으로 729만t에 달한다.

우미악은 북극권 인근으로, 국내 최초의 북극권 자원개발 사업이다. 북위 66도33분 이북 지역을 통칭하는 북극권은 당시 전 세계 미발견 자원량의 상당 부분이 부존하는 자원의 보고로 평가받기도 했었다.

다만 이 사업에서 가스공사는 2200만달러를 투자했지만 한푼도 회수하지 못한 채 사업을 종료했다.

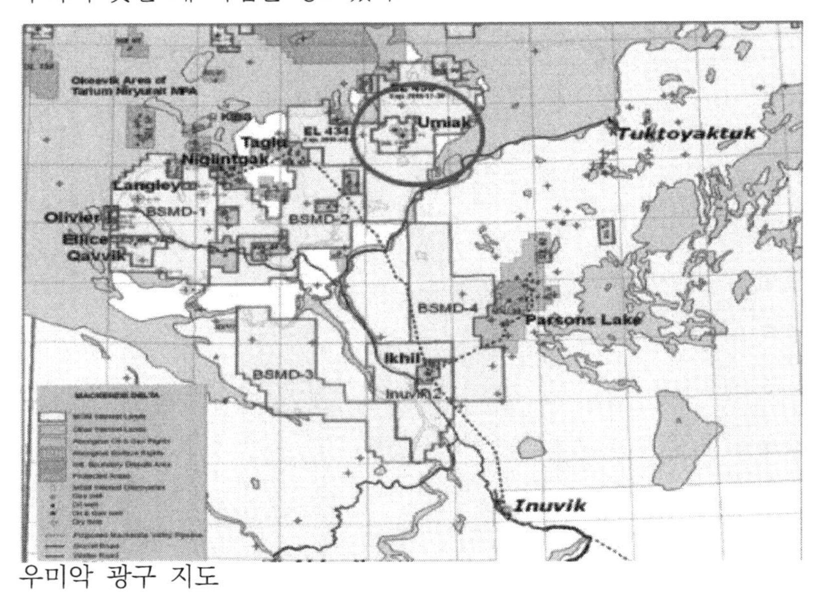

우미악 광구 지도

이라크 아카스·만수리아

한국가스공사는 2010년 10월부터 아카스·만수리아 가스전을 개발했다. 한국가스공사가 이라크 바그다드에서 있었던 유·가스전 3차 입찰에서 아카스(Akkas) 가스전 지분 50%와 만수리아(Mansuriyah)가스전 지분 20%를 낙찰받았다.

당시 아카스 가스전은 매장량이 원유로 환산했을때 약 5억9000만 배

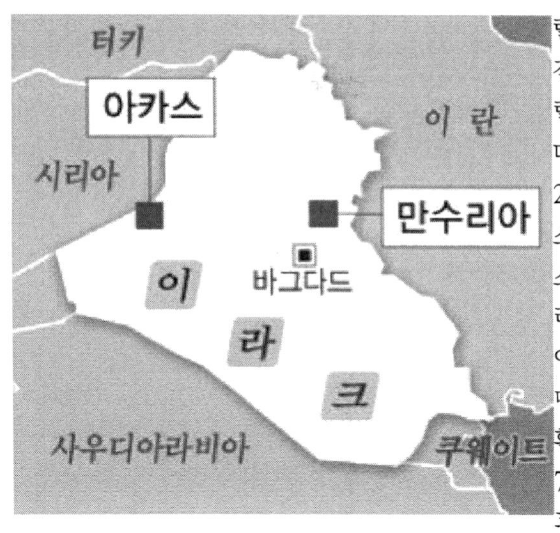

렬이고, 만수리아 가스전은 약 4억9000만 배럴이라는 평가를 받았다.

2013년 11월에는 가스공사가 아카스서 가스 4500만t을 캘 것이라는 관측도 나왔다. 아카스와 만수리야에 매장된 가스는 석유로 환산하면 각각 3억7800만배럴(4500만t)과 3억240만배럴(3600만t)으로 관측됐다.

다만 2018년 11월에는 한국가스공사가 이라크 만수리야 가스전 개발·생산 사업에 대한 계약해지 결정을 받았다.

가스공사는 최근 이라크 정부로부터 이라크 만수리야 가스전 개발·생산에 대한 계약해지 경고서신을 수신한데 이어 계약을 해지할 것을 통보받은 것으로 확인됐다.

만수리아 가스전에 대한 계약해지 통보가 이뤄지면서 현재 가스공사가 운영사로 참여하고 있는 이라크 아카스 사업의 계약 해지됐다.

아카스 사업의 경우도 IS사태로 인해 사업이 중단된 후 가스공사와 이라크 정부 간 지속적인 계약 개정 협상이 이어지다가 결국 가스공사는 두 사업을 매각하는 단계다.

가스공사는 아카스 사업에 4억2200만달러를 투자해 10%인 4300만달러를 회수했다. 만수리야 사업에는 3000만달러를 투자했지만 회수액은 0원.

미얀마 A1/A3

2001년부터 시작된 미얀마 A1/A3 광구 사업은 한국가스공사의 몇 안되는 성공한 사업이다. 3억6500만달러를 투자해 5억7300만달러를 회수했는데 원금 대비 1.57배에 달한다.

미얀마 가스전은 대우인터내셔널(현 포스코인터내셔널)과 한국가스공사가 함께 투자한 자원개발 사업이다. 2013년 기준 대우인터내셔널은 미얀마 A1 · A3 광구에 대해 51% 지분을 가지고 있는 운영권자였다.

이 밖에 인도국영석유공사(17%) 미얀마국영가스공사(15%) 한국가스공사(8.5%) 인도국영가스공사(8.5%) 등이 지분을 보유하고 있었다.

두 해상광구의 예상 매장량은 4조5000억~7조8000억 입방피트. 이는 국내 천연가스 소비량의 5년치에 달한다. 개발이 완료되면 하루 5억 입방피트 가스를 약 30년간 생산할 수 있을 것으로 기대됐다.

대우인터내셔널은 미얀마 서부 해상에서 광구 생산물 분배 계약을 체결한 것을 시작으로 본격적인 가스전 사업을 시작했다.

가스전 사업은 간단히 말해 땅속 천연가스를 추출해내 운송 및 판매하는 사업이다.

출처 : 포스코인터내셔널 IR북

미얀마 가스전 사업은 가스생산, 해상운송 및 미얀마 육상운송을 포함해 크게 3가지 사업으로 구성된다. 대우인터내셔널은 첫 번째와 두 번째 사업에는 운영권자로서 참여하고 있고, 세 번째 미얀마 육상운송에는 25.04%의 지분을 보유했다.

가스공사가 이 사업에 투자한 돈은 3억6500만달러이고 회수액은 5억7300만달러다. 회수율은 157% 수준이다.

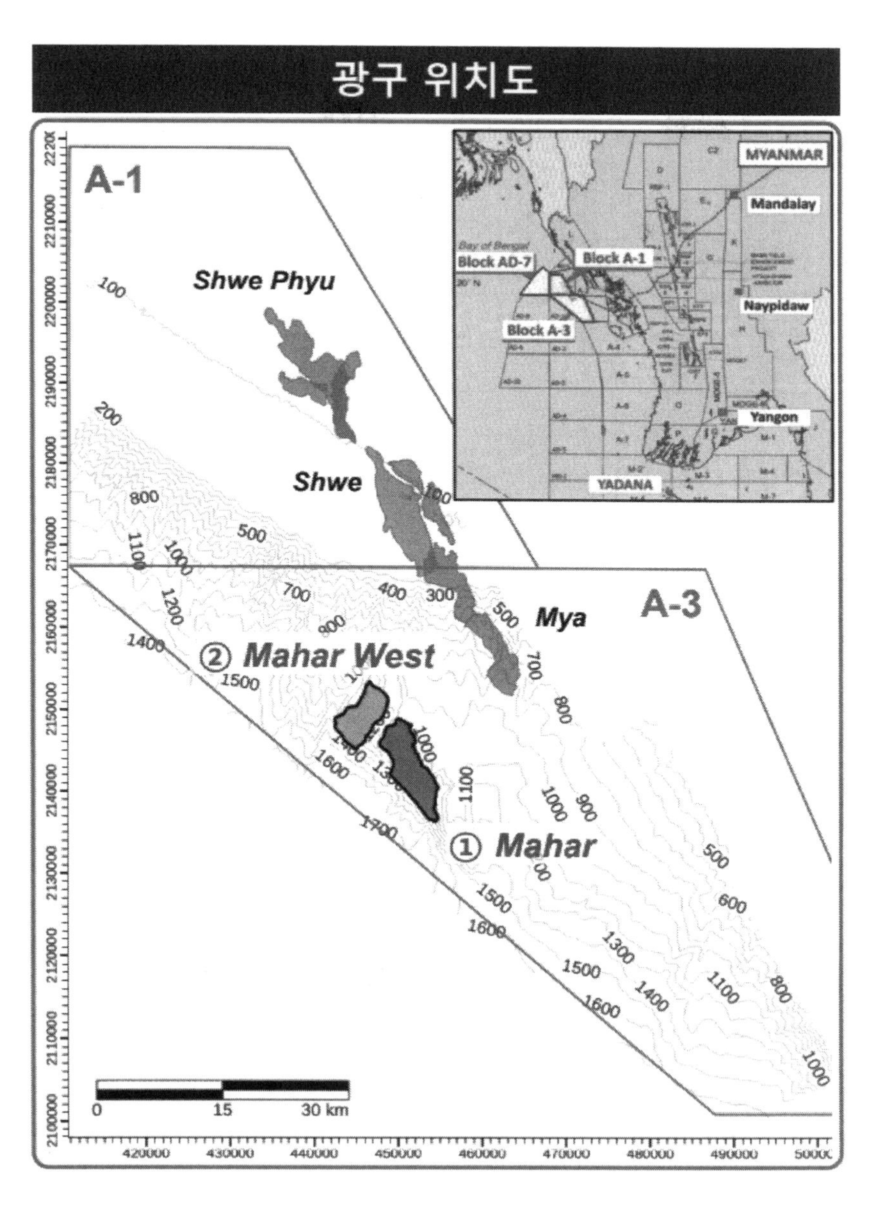
광구 위치도
A-1
A-3
Shwe Phyu
Shwe
Mya
② Mahar West
① Mahar
MYANMAR
Mandalay
Block AD-7
Block A-1
Block A-3
Naypidaw
Yangon
YADANA
0
15
30 km

우즈벡 수르길

한국가스공사는 지난 2006년 우즈베키스탄과 공동으로 현지 가스전 개발을 위한 양해각서를 체결했지만 가스매장량이 2009년 확인한 결과, 당초 예상량의 4분의 1에 불과했다.

가스공사가 2007년 10월 컨소시엄을 구성한 다음 정밀평가와 기술분야 탐사, 경제성 등에 대한 제대로 된 검토도 하지 않았다는 의혹도 받았다.

우즈벡 수르길 지역/사진 = 삼성엔지니어링

가스공사는 우즈벡 수르길 가스전 개발을 위해 지난 2006년 3월 우즈벡국영석유가스공사와 양해각서를 체결한 다음 지금까지 운영경비 등 36억원의 예산을 집행했다.

그러나 우즈벡 정부가 협조하지 않아 사업추진이 지연돼 2012년 말로 잡았던 상업 생산 시기를 2014년 하반기로 2년 정도 늦췄다. 또 2009년 초 가스전 개발과 가스화학단지를 건설하려던 계획에도 차질이 빚어졌다. 이에 따라 예상투자비도 18억 3천만 달러에서 30

억 달러로 39%나 급증했다.

수르길 사업에서는 우즈베키스탄 북서쪽에 자리 잡은 수르길 가스전을 개발해 생산된 가스를 100㎞ 떨어진 우스튜르트의 가스화학플랜트로 송출한다. 이를 통해 화학제품은 물론 천연가스까지 판매해 부가가치를 극대화하겠다는 게 당초 계획이었다.

수르길 사업에는 가스공사가 총 3억1000만달러를 투자했지만 12%인 3800만달러를 회수하는 데 그쳤다.

캐나다 혼리버

가스공사는 2010년 2월에 캐나다 셰일가스 사업을 위해 캐나다 법인을 설립해 총 3개 지역에 투자했다.

2013년 혼리버는 매출이 413억원에 불과했고, 2014년 혼리버 사업이 완전 가동하더라도 영업이익은 180억원 가량에 그쳤다.

결국 가스공사는 이 사업을 25년 동안 수행하더라도 얻을 수 있는 총 영업수익은 1900억원에 불과하다고 가스공사가 인정했다.

다시 말해 가스공사가 혼리버를 포함한 캐나다 셰일가스 사업에 총 1조원을 투자했는데, 연간 얻을 수 있는 수익은 180억원 정도(수익률 1.8%)에 불과해 빌린 1조원에 대한 이자를 갚기도 어렵다는 것.

이러한 손실이 발생한 주된 이유는 당초 가스공사가 가스가격 상승에 대한 장밋빛 환상을 가졌기 때문이다.

가스공사가 개발 시도했던 캐나다 가스광구

(사진 = 한국일보)

가스공사는 2009년 혼리버 사업에 뛰어들 당시 1MMbtu(100만 영국 열량 단위) 당 5달러 가량이던 가스가격이 10달러까지 뛸 것으로 전망했지만 기대와는 달리 북미 가스가격은 2014년에도 여전히 5달러 정도로 유지됐다.

결국 북미 가스가격 추가 하락에 따른 위험을 방지하기 위해 가스공사는 이 사업을 접는다. 투자한 금액은 총 6억7000만달러인데 회수액은 0원이다.

이라크 주바이르

가스공사는 지난 2010년부터 주바이르 사업에 참여해 첫해 원유 일산 18만 배럴을 생산했으며, 2020년에는 일산 평균 54만 배럴을 달성했다.

가스공사는 이라크 주바이르 필드에 삼성ENG와 STX건설 등 국내 기업의 건설공사 및 O&M 참여를 지원해 1520만 달러 이상의 수익 실현에 기여하는 등 동반성장에도 나섰다.

주바이르 사업은 지난 2019년 9월 1단계 생산 목표인 일산 50만 배럴을 달성했다. 2단계 목표인 70만 배럴 생산 가능성 또한 크게 높아져 장기적으로 가스공사 수익 증대에 긍정적인 영향을 미쳤다.

이는 또한 최근 세계적인 저유가 및 중동 정세 불안 등 사업 운영을 둘러싼 불확실성 속에서도 안정적인 원유 증산 및 현금흐름을 통해 자원개발 사업 분야에서 큰 성과를 이룬 것으로 평가된다.

가스공사가 주바이르 사업에 2010년부터 2020년까지 3억7800만 달러를 투자해 4억900만달러를 회수했는데 회수율은 108%다.

이라크 바드라

2010년 1월 한국가스공사가 포함된 국제 컨소시엄이 이라크에서 유전 개발권을 따냈다.

이 컨소시엄이 이라크 동부 바드라 광구의 개발 및 생산을 맡을 최종사업자로 선정돼 현지에서 이라크 국영석유사인 NOC와 본계약을 맺었다.

컨소시엄은 가스공사 외에 러시아 가즈프롬(지분율 30%), 말레이시아 페트로나스(15%), 터키의 TPAO(7.5%)가 참여했고, 가스공사의 지분은 22.5%다.

가스공사는 이 광구에서 생산될 원유 8억배럴 가운데 연평균 100만배럴씩 모두 2000만배럴을 확보했다. 2천만배럴은 2010년 당시 우리나라의 열흘치 소비량에 해당한다.

2015년에는 가스공사가 이라크 바드라 유전 생산물 최초 인수·판매 완료했다.

2010년 사업 참여 이후 이라크 정부로부터 최초로 인수받은 100만 배럴의 원유(키루크크유, 가스공사분 37만배럴)를 국제원유시장에 판매했다.

바드라 유전은 바그다드에서 남동쪽으로 160km 떨어진 와싯 주,

이란과 국경을 맞대고 있는 지역이다.

이곳은 지난 1979년 평가정 시추를 통해 원유가 발견됐으나 전쟁 등으로 개발이 지연됐다. 2009년 이라크정부가 전후 재건을 위해 국제입찰에 붙여 세계 오일 메이저사들의 주목을 받았다.

가스공사가 이 사업에 투자한 돈은 총 8억9500만달러인데 회수액은 52%인 4억6100만달러다.

인도네시아 세노로 가스전·DSLNG

한국가스공사는 2010년 DSLNG 사업을 시작했다. 이 당시만 해도 세노로 가스전은 생산 규모가 크지 않아 쉘, 엑슨모빌 등 메이저 에너지회사의 관심이 적었다. 하지만 가스공사는 수익성이 분명하다고 평가해 틈새시장을 노렸다.

인도네시아 '동기-세노로' 가스전

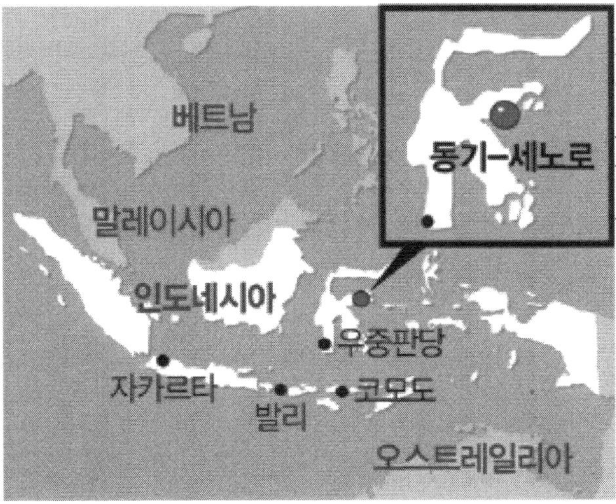

가스공사는 2027년까지 이곳에서 매년 천연가스 70만t을 도입하는 것을 목표로 사업을 시작했다.

매년 130만t은 일본의 큐슈전력, 제라(JERA)가 수입하고, 나머지는 인도네시아에 공급된다.

가스공사는 창사 이래 처음으로 △가스전 개발 △LNG 액화플랜트 운영 △천연가스 판매 등 가스개발 전 과정에 참여할 수 있었다. 이를 통해 독자적인 가스개발 운영사로 도약하기 위한 경험을 쌓았다.

다만 아직까지의 실적은 아쉽다. 2억2500만달러를 투자했지만 1억1100만달러를 회수해 회수율은 49%에 그쳤다.

러시아 서캄차카 해상

2008년 8월 한국석유공사 등 국내 컨소시엄이 추진하던 최대 유전개발 사업인 서캄차카 해상광구 프로젝트. 시작부터 러시아 정부의 일방적인 계약 연장 거부로 물거품 위기에 처했다.

한국 컨소시엄은 서캄차카 해상광구에 약 37억배럴(한국 지분 15억배럴)이 매장돼 있을 것으로 기대하며 국내 유일 시추선인 두성호를 배치해 의욕적으로 탐사작업을 해왔다.

하지만 광구 허가 감독청인 러시아 연방 지하자원청은 한국 컨소시엄이 러시아 국영회사인 로스네프트와 공동으로 참여 중인 서캄차카사업의 탐사 라이선스 연장 신청을 기각했다.

서캄차카 해상광구는 러시아 석유기업 로스네프트가 2003년 러시아 정부로부터 운영권을 따냈다. 한국은 이듬해인 2004년 9월 당시

노무현 대통령과 푸틴 러시아 대통령 간 한·러 정상회담에서 양해각서(MOU)를 체결해 공동 계약자가 됐다.

로스네프트와 석유공사 가스공사 SK에너지 대우인터내셔널 등 7개 한국 기업으로 구성된 한국컨소시엄은 6대4 지분으로 '캄차카네프트가스'(KNG)라는 공동 운영사를 세우고 사업을 벌이고 있었다. 하지만 러시아 정부가 이번 프로젝트의 계약을 연장해주지 않았다. 가스공사는 2500만달러를 투자했는데 결국 회수액은 0원이었다.

동티모르/호주 JPDA

한국가스공사는 지난 2006년 8월 삼성물산, LG상사와 함께 동티모르와 호주의 공동개발구역(JPDA-102) 내 해상 광구 개발 프로젝트를 수주했다.

프로젝트 개발 지분은 운영기업인 페트로나스 카리갈리(Petronas Carigali)가 50%를 보유했고, 가스공사 30%, 삼성물산 10%, LG상사가 10%씩 각각 가졌다.

입찰 성공으로 향후 가스공사는 이 지역 내에서 2009년까지 탐사사업을 시행했다. 천연가스와 다량의 콘덴세이트가 이 지역 내 매장돼 있을 가능성이 높다고 가스공사 측은 관측했었다.

한국 컨소시엄은 그레이터 선라이즈 개발광구의 LNG 플랜트 건설을 위한 BSA(수심측정) 조사사업을 2008년 5월부터 12월까지 진행했다.

동티모르와 호주 사이에 위치한 'Timor Gap'은 세계에서 23번째로 큰 유전지대로 하루에 3만 배럴의 원유를 생산할 수 있으며 대규모의 천연가스도 매장돼 있었다.

다만 총 4800만달러를 투자한 이 사업에서 가스공사는 탐사 기간 동안 자원을 찾지 못했고, 회수액은 0원에 그쳐 이 사업을 접었다.

미얀마 AD-7

한국가스공사가 미얀마 AD-7 탐사광구 지분참여 계약을 2008년 10월 체결했다.

계약의 주요 내용은 대우인터내셔널(현 포스코인터내셔널)이 100% 보유하고 있는 해당 광구 지분의 10%를 가스공사가 인수한다는 것. 그 대가로 가스공사는 약 348억원을 투자하기로 했다.

6개월 뒤인 2009년 4월 한국가스공사는 미얀마 AD-7 탐사광구 지분 탈퇴를 결정했다. 회사 측은 방글라데시와의 해상국경분쟁으로 인한 리스크 존재가 지분 탈퇴 이유라고 설명했다. 6개월만에 800만 달러의 손실이 발생했다.

이는 가스공사가 제3자에 의한 사업검토도 없이 내부검토만으로 지분참여를 결정해 이 같은 손실을 초래했다는 지적도 나온다.

우즈베키스탄 우준쿠이

2006년 한-우즈베키스탄 양국 정상회담을 계기로 우즈베키스탄과 우준쿠이(Uzunkui) 탐사사업을 위한 공동조사 기본 합의서(Agreement of Principle)가 체결됐다.

한국가스공사는 2008년 6월 우즈베키스탄 우준쿠이(Uzunkui) 광구 공동 조사사업에 127억원을 투자하기로 했다. 가스공사는 한국컨소시엄을 구성해 우즈벡 국영석유가스회사와 50대 50으로 투자했다.

우준쿠이 광구는 카자흐스탄과 투르크메니스탄 국경에 인접해있다. 공동조사사업은 UNG와 한국컨소시엄간 50대 50의 지분으로 추진한다.

한국컨소시엄의 지분율은 한국가스공사 50%, 호남석유화학 30%, LG상사 10%, STX 10%로 각각 구성됐다.

2011년 이뤄진 1단계(Phase 1)작업에서 2D 탄성파자료의 취득

작업(668 L-km)과 처리 및 해석작업(1,281 L-km)을 완료했다.

2012년 3월 우준쿠이 탐사사업이 2단계(Phase 2, 세부 탄성파 탐사단계)로 진입해 사업기간이 2013년 8월까지 연장됐다. 해석 결과 지역 내 다수의 유망구조가 존재하는 것으로 확인된 것.

다만 결과론적으로 가스공사는 이 사업에서 아무 소득을 얻지 못했고, 총 600만달러를 투자금만 날렸다.

캐나다 코르도바

한국가스공사는 2011년 일본 미쓰비시상사, 도쿄가스 등과 손잡고 코르도바 지역의 셰일가스전을 개발하기 위해 CGR을 설립하고 지분 10%를 인수했다. 이후 가스공사는 CGR 유상증자에 참여하는 등 2700만 달러를 투자했다.

하지만 2011년 이후 국제 유가가 떨어지면서 CGR의 자산가치도 폭락했다. CGR은 2011년 이후 매년 대규모 손실을 냈다. 가스공사는 CGR 투자비를 전액 손실처리(손상차손)했다.

이후 2016년 이 사업에서 철수하기로 하면서 투자한 2700만달러를 모두 날리게 됐다.

가스공사는 캐나다 코르도바 가스전 개발을 위해 설립한 CGR(Cordova Gas Resources) 보유 지분 10%를 캐나다 자원개발업체 펜웨스트에 2016년 전량 매각하기로 했다.

가스전 지분의 장부가치는 0원이기 때문에 매각대금을 받지 않고 지분을 넘기는 것. 가스공사는 "가스전의 경제성이 없고 CGR 재무구조도 나날이 악화되고 있다"며 매각 배경을 설명했다.

캐나다 웨스트컷뱅크

한국가스공사는 지난 2010년 2월 캐나다 엔카나사(社)가 보유한 잭파인 광구와 키위가나, 노엘 등 3개 광구에 지분 참여한 이래 엔카나와 공동으로 탐사, 개발, 생산사업을 진행해왔다.

이후 가스공사는 캐나다 앨버타주 웨스트컷뱅크 지역의 잭파인 가스 광구에서 처음으로 상업생산을 2010년 10월 개시했다.

이 광구는 가스공사가 지분 50%를 소유한 곳이다. 석탄층 메탄가스, 혈암가스, 치밀(tight)가스, 가스하이드레이트 등이 매장돼 있다.

하지만 2013년에는 한국가스공사가 캐나다 웨스트컷뱅크 광구의 탐사 및 시추사업을 중단했다.

이는 북미 비전통가스 개발기술의 발달로 최근 단기간에 천연가스 생산이 증가함에 따라 현지 시장의 공급과잉 현상으로 이어져 가스가격이 하락했기 때문이다.

가스공사는 그동안 웨스트컷뱅크 광구에서 시추 13공, 생산 11공 등의 자원개발사업을 벌여왔다.

웨스트컷뱅크 개발사업은 셰일가스와 치밀가스 개발, 생산 사업으로 비전통가스의 국내 도입에 큰 기대를 모았으며 투자비 2억6200만 달러를 투자했지만 원금은 회수하지 못했다.

이 사업은 가스 추정매장량이 4.94Tcf에 달하는 것으로 알려져 있다.

모잠비크 Coral FLNG

한국가스공사는 지분 10%를 보유한 모잠비크 4구역(Area 4) 광구의 최초 개발사업을 위한 해상부유식액화설비(FLNG) 건조에 2018년 9월 착수했다.

FLNG는 자체 중량이 약 21만t에 달하는 초대형 해양플랜트이다. 가스공사는 2017년 6월 최종투자결정 이후 상세설계, 자재 조달 및 강재 전처리를 진행했다.

건조가 완료되는 2022년부터 25년간 연간 337만t 규모의 액화천연가스(LNG)를 생산·판매할 계획이다.

가스공사는 총 사업비의 약 50%를 프로젝트 파이낸스로 조달해 재무 부담을 줄였다.

한국수출입은행과 한국무역보험공사가 참여하고 있어 대규모 해외 자원개발 사업에 국내 금융기관이 동반 진출하는 성과도 확보했다.

가스공사가 2020년 말까지 이 사업에 투자한 돈은 3억2200만달러로, 회수액은 아직 없으며 2047년까지 총 5억1300만 달러를 투자할 계획이다.

캐나다 LNG Canada

한국가스공사는 2012년 5월부터 쉘, 미쯔비시, 페트로차이나와 공동으로 캐나다 브리티시 컬럼비아 주 키티맷(Kitimat) 지역에서 액화천연가스 사업을 착수했다.

2010년초부터 공동으로 사업 타당성 조사를 해온 4개사는 2012년 5월 16일 공식적인 사업추진을 선언하고 사업지역의 원주민(First Nation) 및 이해관계자들과 협의를 시작했다.

LNG Canada라고 명명되어진 이 사업에는 가스공사가 20%, 쉘이 40%, 미쯔비시 20%, 페트로차이나가 20%의 지분을 보유했다. 이들

회사는 LNG 생산 및 저장설비와 항만설비의 설계, 건설, 운영권을 가진다.

캐나다 LNG Canada/출처= LNG Canada

LNG Canada는 2개의 600만톤급 액화트레인을 통해 연간 1200만t의 LNG를 생산할 예정이며 향후 추가확장의 가능성이 있다.

가스공사는 20%의 사업권을 통해 연간 240만톤의 LNG 자주물량을 생산하게 된다.

가스공사가 이 사업에 투자한 돈은 2011년부터 2020년까지 6억600만달러. 향후 가스공사는 2064년까지 총 12억9200만달러를 투자할 계획이다.

오만 LNG

오만 LNG 사업은 가스공사가 '대박'친 몇 안 되는 사업 중 하나다. 가스공사는 이 사업을 1996년부터 시작했다.

이후 2007년 5월 29일에는 그랜드 인터콘티넨탈 호텔에서 아메드 마키(Ahmed Macki) 오만 경제성 장관과 LNG 사업분야 합작투자회사 설립에 합의하고 협정을 체결했다.

협정으로 LNG 트레이딩 사업 및 LNG 저장시설의 건설, 운영 사업 등을 수행할 회사를 양자간 동일 지분으로 설립한다. 회사의 자본금을 1000만달러로 결정했다.

지난 2005년 '한-오만 정부간 에너지자원 협력협정' 체결 및 2006년 '가스공사-오만 정부간 LNG 공동사업 양해각서' 체결에 뒤를 이은 협정으로 가스공사는 양국 간 LNG 사업분야의 구체적인 협력을 한 것이다.

가스공사는 이 사업에서 200만달러를 투자했는데 총 2억7600만달러를 벌었다.

카타르 라스가스(Rasgas) LNG

라스가스는 '황금알을 낳는 거위'와 같은 사업이다. 1999년부터 시작된 이 사업에 가스공사는 1700만달러를 투자해 12억4600만달러를 회수했다. 회수율로 놓고 보면 7460%의 수익률을 올렸다.

카타르 국영가스기업인 라스가스(RasGas)는 플랜트 지역의 대지가 100㎢ 넓이로 이곳에 천연가스 트레인 5개가 들어서 있다.

트레인은 천연가스를 뽑아 압력과 온도를 조절해 최종적으로 액화

카타르 라스가스/현대중공업 제공

천연가스(LNG)를 만드는 플랜트 한 단위를 말한다. 가스관들이 연

결된 모습이 기차를 닮아 트레인이라 부른다.

가스관은 해변에서 약 6km떨어진 바다까지 이어져 있다. 가스관은 그곳에서 다시 천연가스가 있는 지각 구조까지 최대 20km를 더 들어간다.

현재 라스가스는 5개의 트레인에서 연간 8000만t의 LNG를 생산해 한국, 인도, 미국 등 전 세계로 수출한다.

라스가스는 LNG뿐 아니라 천연가스와 함께 들어 있는 헬륨을 액화시켜 판매할 수 있다. 라스가스에서 공급하는 헬륨은 6억6000만입방피트로 전세계 생산량의 10%이상을 차지한다. 헬륨은 비행선 충전용이나 의료용으로 사용된다.

라스가스가 LNG 생산을 시작하기 전인 1998년만 해도 카타르의 1인당 국민소득은 1만8306달러로 그저 그런 중동 산유국 수준이었다. 그러나 국제통화기금(IMF)이 산출한 1인당 국민소득은 12만달러를 돌파했다. 라스가스가 LNG 생산을 시작한지 10년만에 6.5배 가까이 늘었다. LNG는 카타르 경제 성장에 결정적인 역할을 했다.

예멘 YLNG

2005년 한국가스공사는 예멘 YLNG사와 장기 액화천연가스(LNG) 매매계약을 맺었다. 이후 계약물량은 연간 200만t으로 계약 기간은 2008년 12월부터 2028년 12월 31일까지다. 5년 연장 옵션을 포함했는데, 향후 가스공사는 계약 기간을 2033년까지로 연장했다.

다만 예멘 YLNG 사업은 2015년 예멘 사태 여파로 운영이 중단됐다. 한국가스공사가 지분 8.88%를 가진 예멘의 YLNG사는 국내 가스 도입분의 5~6%를 차지하고 있다.

하지만 최대 주주인 프랑스 토탈이 2015년 안전 우려 탓에 자국 직원을 인근 선박으로 일시 철수시키면서 생산이 중단됐다. 당시 YLNG는 예멘 국내총생산(GDP)의 25% 이상을 차지할 정도로 국가

(출처=예멘 YLNG 홈페이지)

적 주요 시설이었다.

YLNG 프로젝트의 지분구조를 살펴보면 △프랑스 토탈그룹 39.62% △미국의 헌트오일 17.22% △예멘 가스공사 16.73% △SK컨소시엄 9.55% △한국가스공사 6.00% △HYLNG(현대 예멘 LNG법인) 5.88% △예멘 공무원연금 5.00% 등이다.

가스공사가 YLNG 사업에 투자한 금액은 3억3700만달러. 회수액은 88%에 달하는 2억9600만달러인데 예멘 내전이 없었다면 회수율이 200%를 넘을 것으로 예상된다.

호주 GLNG

한국가스공사의 호주 글래드스톤 액화천연가스(GLNG) 사업이 2011년 착수된 이후 4년만인 2015년 본격적인 생산에 들어갔다.

가스공사가 호주에서 참여한 첫 천연가스 개발 프로젝트인 GLNG 사업은 호주 동부 퀸즐랜드주 내륙의 석탄층 가스전을 개발해 약 400㎞ 떨어진 글래드스톤의 액화기지를 통해 LNG로 만들어 수출하는 구조다.

가스공사는 이 사업에 호주의 산토스, 프랑스의 토탈, 말레이시아의 페트로나스 등과 함께 약 20조원을 투자했다. 이 사업을 통해 생산되는 LNG 규모는 연간 780만t에 이른다.

만들어진 LNG는 가스공사(350만톤) 외에 페트로나스가 연간 350만t씩 도입한다.

가스공사는 GLNG 사업에서 △상류 가스전 개발·생산 △가스배관·

액화기지 건설·운영 △LNG 공급 등 전 분야에 참여하고 있다. 가스공사는 그간 오만·카타르 등 중동 지역에서 GLNG 사업과 유사한 프로젝트에 참여했지만 호주에서는 처음이다.

이 사업에 가스공사가 투자한 금액은 총 39억6800만달러로 회수액은 11% 수준인 4억2500만달러다.

호주 프렐류드(Prelude) FLNG

(호주 프렐류드(Prelude) 해양 부유식 액화플랜트(FLNG). 한국가스공사 제공)

한국가스공사는 호주 프렐류드 사업에 2011년 착수했다. 호주 프렐류드 해상 부유식 가스전은 바다 위에 플랜트시설을 띄워 해저에 묻힌 LNG를 채굴하는 사업이다. 채굴시설은 길이 488미터, 폭 74미터로 축구장 약 5배 크기다. 2021년까지 건설한 해양플랜트 가운데 최대 규모다. 삼성중공업이 건조해 지난 2017년 쉘에 인도한 바 있다.

호주 FLNG 사업 최대주주인 쉘은 지난 2019년6월부터 가스를 생산해 운송하기 시작했지만 코로나19에 따른 수요감소로 가격하락이 이어졌고 디젤 발전기 문제까지 겹쳐 2020년 2월에 생산을 중단했다.

다만 2021년에는 아시아 LNG 수요 급증과 가격 상승에 힘입어 1년간 운영을 중단했던 호주 프렐류드 FLNG 가스 생산을 재개했다. 가스공사는 이 사업에 15억 달러(약 1조7000억원)를 투자해 지분 10%를 보유하고 있다.

이 사업은 까다롭기로 유명하다. 해양플랜트 건설 문제와 비용 초과, 해상부유식 LNG 채굴의 기술적 문제, 까다로운 시장 조건 등의 이유로 프렐류드 사업 이외의 다른 FLNG 사업자는 사업을 포기하고 있다는 전문가들의 지적도 나온다.

아울러 프렐류드 FLNG는 호주 서부 해안에서 475㎞나 떨어진 시설 위치와 코로나19에 따른 생산 제한, 복잡한 기술적 문제 등으로 운영 재개에 대해 쉘의 고민은 과중됐다.

가스공사가 이 사업에 투자한 금액은 18억6500만 달러. 결국 1% 수준인 2600만달러를 회수하는 데 그쳤다.

멕시코 만사니요

만사니요 LNG 터미널은 멕스코 국영 전력청(CFE)이 2006년 안정적 전력 수급과 환경오염을 해결하기 위해 기존의 석탄 화력발전소를 천연가스 발전소로 전환하고자 발주한 프로젝트다.

가스공사(25%), 삼성물산(37.5%), 미쓰이상사(37.5%) 공동 투자해 건설했다.

2008년 7월 멕시코 대통령이 참석한 가운데 기공식을 가진 이후 3년여 건설기간을 거쳐 2012년 6월 상업운전을 시작했다.

삼성물산이 한국가스공사, 일본 미쓰이물산 등과 함께 멕시코 전력청으로부터 수주해 2012년 준공한 만사니요 액화천연가스 인수기지.(사진=삼성물산)

멕시코에서 2번째로 큰 만사니요 LNG터미널은 연간 380만t의 LNG 공급 능력을 갖추고 있다. 생산된 LNG는 전량 만사니요 발전소와 과달라하라 발전소에 공급한다.

가스공사는 총 623억 원을 투자해 운영 3년차인 2015년까지 300억 5000만 원을 회수했다. 2020년 말에는 투자비의 82%를 회수했다. 가스공사는 향후 2031년까지는 투자비의 2배인 1290억원의 순이익을 예상하고 있다.

만사니요는 공기업과 민간기업이 동반해 해외 LNG인수기지 투자 및 기술수출에 나선 첫 사례로 꼽힌다.

태평양 연안 중서부 콜리마주 만사니요시에 위치한 인수기지는 86만ha(약 26만평) 부지에 15만㎘급 저장탱크 2기 및 연간 380만톤의 LNG를 기화 송출하는 설비와 선석(Jetty, 배가 정박해서 LNG가스를 송출할 수 있도록 만든 항만시설) 등으로 구성된다. 총 사업규모는 약 9억달러에 달한다.

모잠비크 마푸토

한국가스공사는 지난 2014년 9월 11일 모잠비크 수도 마푸토에서 준공식을 열었다.

가스공사는 이곳에 지난 7월 가스배관 62㎞와 1개 공급관리소, 8개 지역 정압기를 완공했다. 2034년까지 20년간 운영하면서 연간 약 11만t의 가스를 공급할 예정이다.

마푸토 천연가스 배관운영사업은 발전·산업용 천연가스를 공급하기 위해 배관을 건설·운영하는 사업이다. 2011년 모잠비크 정부와 모잠비크 국영석유공사가 가스공사에 참여를 요청하면서 시작됐다.

가스공사는 2034년까지 해당지역에 연간 약 12만t의 가스를 공급하며 안정적인 수익을 거둘 것으로 전망된다.

가스공사는 이 사업에 2020년 말까지 3800만달러를 투자해 84%인 3200만달러를 회수했다. 이 사업은 향후 2034년까지다.

우즈벡 CNG 충전소, 실린더 사업

한국가스공사가 투자한 우즈벡 CNG충전소 사업과 CNG차량 개조를 위한 용기제조사업인 실린더 사업은 천연가스 중·하류사업이다. 당초 가스공사 정관의 사업목적 상 진행해서는 안된다는 지적이 나오기도 했다.

다만 당시 가스공사 주강수 사장은 2011년 가스공사의 부대사업으로 가능하다는 광의의 해석을 내리고, 결국 153억원을 투자해 한 푼도 못 건졌다. 더욱이 해당사업은 매각조차 쉽지 않아 110억원의 추가 투입이 불가피했다.

우즈벡 CNG 충전소 및 실린더 사업의 경우 우즈벡 정부가 토지 및 공장건설의 책임을 맡고 가스공사는 생산설비 공급 등 현물을 투자하는 조건으로 계약이 체결됐다.

그러나 우즈벡정부가 약속을 어기고, 재정 부족을 이유로 공장건설을 미뤄 사업진행이 중단됐다.

이 사업을 진행하면서 가스공사는 우즈벡 정부가 책임을 이행하지 않을 경우 그에 따른 손해배상책임을 물을 수 있는 조항을 계약서에 명기조차 안했다. 가스공사는 이 사업에 총 7만달러를 투자했으며 회수액은 0원이다.

□ 2008년 이후 한국광물자원공사 해외사업 투자 및 회수금

연도	'08	'09	'10	'11	'12	'13	'14	'15	'16
투자비 (억원)	2,256	3,576	3,664	7,794	8,368	7,734	3,514	3,087	6,052
회수금 (억원)	64	234	176	368	250	253	791	458	1,715

연도	'17	'18	'19	'20	총 계
투자비 (억원)	5,131	2,088	2,204	1,969	57,436
회수금 (억원)	564	1,838	678	299	7,688

한국광물자원공사는 1967년 대한광업진흥공사로 출발했다. 54년의 긴 역사를 갖춘 공기업이다. 그런데 조만간 이 공기업은 문을 닫는다. 정부는 2021년 부실 해외자원 투자로 7조원에 가까운 부채를 진 광물자원공사를 한국광해관리공단과 합병하기로 방침을 정했다.

계속 살려두기에는 천문학적인 혈세를 투입해야 하는 등 대가가 만만치않다고 판단해서다. 광물자원공사는 합병 전까지 해외광산 등 투자자산을 헐값에 처분한다.

13년간 눈덩이처럼 불어난 부채

광물자원공사는 2008년부터 지난해 12월말까지 총 5조7436억원을 해외자원 개발에 투입했다. 같은 기간 누적 회수액은 7688억원에 그쳐 13.4%에 불과했다.

무리한 투자로 인해 부채는 눈덩이처럼 늘어났다. 2007년 광물자원공사의 부채는 8538억원에서 2008년 5234억원으로 줄었지만 2009년부터 다시 부채가 늘어나 2017년엔 5조4342억원에 달했다. 2019년에는 6조4133억원, 2020년에는 6조7535억원에 육박했다.

해외자원개발 실패는 광물자원공사의 재무제표도 바꿔놨다. 2007년 당기순이익 43억원을 내던 공사는 2012년 이후 자원가격 하락으로 해외자원 개발사업 사업성이 떨어지면서 적자로 돌아섰다.

2015년과 2016년에는 대규모 당기순손실을 기록하며 재무안정성도 크게 악화됐다. 2017년 4105억원이던 당기순손실은 2019년 5637억원, 지난해 상반기 8591억원으로 급격히 늘어났다.

그 결과 광물자원공사의 부채비율은 2012년도 170%에서 2015년도 6905%로 크게 증가했으며, 2016년 결국 '완전자본잠식' 상태에 이르렀다. 완전자본잠식은 기업의 적자 누적으로 인해 잉여금이 마이너스가 되면서 자본 총계가 납입자본금보다 적은 상태를 일컫는다.

연이은 해외광산 '헐값 매각'

다른 에너지공기업과 마찬가지로 광물자원공사도 경영정상화를 위해 해외 투자자산을 매각해왔다. 그러나 회수실적은 미미하다. 광물자원공사가 매각을 추진 중인 사업은 마다가스카르 암바토비(니켈), 멕시코 볼레오(동), 꼬브레파나마(동) 등 12개국 17개 사업이다.

이들 17개 사업에 광물자원공사는 총 5조6688억원을 투입했지만 회수액은 지금까지 5526억원에 그쳤다. 1000억원이 넘는 투자비가

든 사업은 암바토비, 볼레오, 꼬브레파나마, 캐나다 캡스톤(동), 칠레 산토도밍고(동, 철) 사업이다. 5개 사업에 투자한 돈은 5조3756억원인데 반해 회수액은 4027억원에 그치면서 '원금 회수'는 사실상 불가능에 가깝다.

2008년 이후 해외자산 매각 내역을 봐도 실적이 부진하다. 광물자원공사는 2011년부터 매각한 중국 유서당(아연) 탐사, 북방동업(동) 생산, 장가항(석회석) 개발 등에 471억원을 투자했지만 216억원을 회수했다. 다만 호주 타로보라(유연탄), 물라벤(유연탄) 등에는 592조원을 투자해 718억원을 벌기도 했다.

잇달은 해외자산 매각 과정에서 헐값 매각도 적지 않았다. 최근에는 칠레 산토도밍고 구리광산 지분 30%를 캐나다 회사에 1억2000만달러(1350억원)에 팔았다. 지난 10년간 투자한 2억4000만달러(2700억원)의 절반만 받고 팔아치운 것이다.

일각에서는 2차 전지, 차량용 배터리 등 수요가 급증하면서 광물자원공사가 보유한 희토류, 니켈 등 해외 광물자원을 보전해야 하는 것 아니냐는 주장도 나온다.

당장 부채를 줄이는 것도 중요하지만, 국가의 전략자산을 확보해야 한다는 얘기다. 그러나 해외자산이 재평가받고 있어도, 원금을 회수하기에는 턱 없이 부족하다는 게 문제다.

한 발 늦은 통합 작업

광물자원공사는 2008년부터 2012년까지 이명박 정부에서 총 2조5658억원을 투입했지만 1092억원을 회수하는 데 그쳤다. 이후 박근혜 정부가 시작된 2013년부터 2017년까지 2조5518억원을 투자했지만 3781억원을 회수했다.

눈덩이처럼 불어나는 빚 부담에 문재인 정부는 집권 초 광물자원공사를 사실상 없애는 쪽으로 가닥을 잡았다. 이를 위해 2018년 3월 광해관리공단과의 통합작업을 추진했다. 그러나 통합작업은 관련 법안이 국회에 계류되면서 진척이 없다가 3년후인 2021년 초에 국회에서 관련 법이 통과됐다.

정부는 6개월여의 준비를 거쳐 2021년 하반기 광물자원공사와 광해관리공단을 통합해 '한국광해광업공단'을 만들 예정이다. 이 과정에서 7조원에 달하는 광물자원공사의 부채를 어떻게 털어낼 지 등이 결정된다. 에너지업계 관계자는 "통합 공단의 재무상태를 개선하려면 결국 상당한 규모의 예산이 투입(출자) 되어야 할 것"이라며 "이래저래 국민 혈세가 들어갈 수밖에 없다"고 지적했다.

사업 단계	사 업 명	국 명(광종명)	진출 시기	공사지분 (%)	투자비 (억원)	회수액 (억원)
생산 (10)	라푸라푸	필리핀(동)	'02.12	28.0	271	424
	서안맥슨	중국(희토류)	'03.11	49.0	134	36
	장 가 항	중국(석회석)	'05.09	49.0	143	301
	미네르바	호주(유연탄)	'06.07	4.0	71	81
	암바토비	마다가스카르 (니켈)	'06.11	37.5	23,198	338
	볼 레 오	멕시코(동)	'08.06	76.9	17,453	2,073
	나라브리	호주(유연탄)	'09.10	2.5	610	284
	꼬브레 파나마	파나마(동)	'09.11	10.0	8,521	1,616
	테 기 다	니제르(우라늄)	'09.12	4.0	171	-
	캡 스 톤	캐나다(동)	'11.05	9.97	1,961	-
개발 (3)	토가라노스	호주(유연탄)	'94.02	8.33	141	-
	와 이 옹	호주(유연탄)	'95.12	82.25	736	171
	산토도밍고	칠레(동,철)	'11.05	30.0	2,623	-
탐사 (4)	아 데 나	호주(유연탄)	'06.07	4.0	18	-
	카푸아스	인니(유연탄)	'11.10	11.7	320	203
	잔드콥스드 리프트	남아공(희토류)	'11.12	10.0	295	-
	므 쿠 주	탄자니아 (우라늄)	'12.01	28.0	23	-
진행 사업* 소계 (12개국, 17개 사업)					56,688	5,526
종료 사업* 소계 (16개국, 30개 사업)					3,351	2,542
총 합계 (21개국, 47개 사업)					60,039	8,068

필리핀 라푸라푸

필리핀 라푸라푸 구리광산은 동·아연 복합광 개발기술을 익히기 위해 추진된 사례다. 매장량은 438만t인 작은 소규모 광산으로, 투자 리스크가 낮다는 장점이 있다.

2002년부터 공사는 이 사업에 245억원을 투자해 424억원을 회수했다. 현재는 가채광량이 소진돼 생산을 종료하고 환경보전 및 안전을 위한 폐광복구 공사를 진행 중이다.

LG상사가 필리핀 라푸라푸에서 운영하고 있는 동·아연 복합광산의 전경. /출처 = LG상사

중국 서안맥슨

2010년 6월 한국광물자원공사와 포스코차이나가 중국의 희토금속 생산업체인 포두영신희토유한공사 지분 60%를 인수, 경영권을 확보했다.

내몽고 바오터우시 희토개발구에 위치한 포두영신희토유한공사는 희토류의 하나로 영구자석의 원재료인 네오디뮴(Nd)을 생산해왔다. 현존하는 최고의 자성재료로 불리는 NdFeB는 전기자동차와 풍력발전용 모터 등의 보급으로 수요가 급증할 것으로 예상되고 있다.

이후 광물자원공사는 지분 49%를 보유한 서안맥슨과 희귀 자원인 희토류 생산 가공 공장을 가동하며 TV브라운관용 형광재료와 연마재, 자성재료 등을 생산하고 있다.

이 사업에 광물자원공사는 총 134억원을 투자해 36억원을 회수했다.

중국 장가항

한국광물자원공사는 2007년 주식회사 원진과 공동으로 중국에서 생석회 제조공장을 준공하고, 연 10만t의 생석회를 포스코 현지법인(ZPSS, 장가항포항불수강유한공사)에 전량 납품하기로 했다.

중국 강소성 장가항시에 위치한 이 공장은 하루 약 300t의 생석회를 생산하는 규모다. 철광석 등에 함유된 탈황 및 기타 불순물을 탈취하는 기능을 하는 생석회는 스테인레스강 제조에 꼭 필요한 광물원료이다.

생석회의 1차 원료인 석회석은 중국 래용광업유한공사와 광진공, 원진이 공동 투자한 석회석 광산에서 공급받기로 했다. 매장량 759만톤의 이 석회석 광산은 개발단계로 매년 40만t을 생산했다.

공사가 이 사업에 투자한 돈은 143억원으로 회수액은 301억원이다.

중국 장가항에서 생산된 생석회/한국광물자원공사 제공

호주 미네르바&아데나

국내 기업들이 컨소시엄을 구성해 호주 유연탄광 개발에 직접 참여한다. 개발된 유연탄은 발전용으로 쓰인다.

광물자원공사의 전신인 대한광업진흥공사는 2006년 7월 한국중부발전, 한화 등과 컨소시엄을 구성해 호주에서 연간 250만t을 생산하고 있는 퀸스랜드주 미네르바 유연탄광의 지분 15%를 확보했다.

이들 3개 회사는 총 투자비 2600만달러를 투입해 호주 펠릭스사가 보유하고 있는 지분 70% 중 15%(광진공 8%,중부발전 4%,한화 3%)를 인수했다.

3개사는 호주의 대표적인 탄전지대 중 하나인 보웬탄전 남서부 아데나 프로젝트에도 참여키로 하고 2006년 하반기부터 정밀 탐사를 실시했다. 아데나 프로젝트는 예상 매장량이 6억t 정도에 달하고 노천이나 갱내 채탄이 모두 가능하다.

공사가 미네르바 사업에 투자한 돈은 총 71억원이고 회수액은 81억원이다. 아데나 사업에 투자한 돈은 18억원이고 회수액은 0원.

마다가스카르 암바토비 니켈광산

2006년 말 착공한 마다가스카르의 암바토비 니켈 광산 규모는 무려 여의도보다 1.3배나 넓은 143.72㎢이다. 공기 마감은 2010년. 암바토비 프로젝트는 한국이 개발하는 최대의 해외 자원개발 사업이었다.

마다가스카르 암바토비 플랜트 전경. 사진=한국광물자원공사

암바토비 니켈 광산은 뉴칼레도니아 SNL, 인도네시아 소로코 등과 함께 세계 3대 니켈 광산이다. 총 매장량은 1억2500만t. 대한광업진흥공사(광진공)는 채굴을 본격화하는 2010년 이후 매년 생산량(6만t)의 절반을 15년 동안 수입하는 권리를 확보했다.

이 당시 한해 국내 니켈 소비량은 12만t이었다. 한해 소비량의 4분의 1을 이 광산에서 공급, 자원자금률 25%를 확보하게 됐다.

채광권 확보 자체가 엄청난 국익이 된 것이라고 당시에는 평가를 받았다. 니켈은 한국의 주력 수출산업인 자동차 생산에 필요한 스테인리스강, 특수합금강 등을 만드는 데 주로 쓰인다. 한국은 미국, 일본, 중국에 이어 4대 니켈 소비국이기도 하다.

암바토비 니켈 광산은 한국 컨소시엄(KAC)과 캐나다 셰리트, SNC 라발린, 일본 스미토모상사 등 4개 회사가 공동으로 추진한 자원개발 사업이다. KAC에는 주관사인 광진공과 대우인터내셔널, 경남기업, STX가 참여하고 있다. KAC의 지분은 27.5%(캐나다 셰리트 40%, 일본 스미토모상사 27.5% , SNC 라발린 5%)이다.

다만 이렇게 많은 기대를 모았지만 광물자원공사는 총 2조3198억원을 투자해 338억원을 회수하는 데 그쳤다.

멕시코 볼레오

지난 2008년 4월 대한광업진흥공사, 현대하이스코, 일진소재산업 등으로 구성된 한국 컨소시엄은 캐나다 바하마이닝사가 보유한 멕시코 볼레오 동광 지분 30%를 약 2460억원(246만달러)에 인수키로 했다.

볼레오 동광의 매장량은 약 2억8000만t으로, 2010년부터 24년간 매년 4만1000t을 생산하는 프로젝트 중 우리 기업들은 매년 1만 2000t을 가질 것으로 예상됐다.

볼레오 프로젝트는 구리, 코발트, 아연, 망간 등의 복합광산 개발사업이었다. 특히 이번 지분 인수는 현대하이스코 등 실수요 기업과 컨소시엄을 구성하고 수출입은행 등이 프로젝트 파이낸싱으로 자금을 지원하는 등 역할분담과 공조를 통해 거둔 결실이다.

공사가 볼레오에 투자한 돈은 총 1조7453억원. 회수액은 2073억원에 불과하다.

멕시코 '볼레오' 동광 모습(사진=광물자원공사)

호주 나라브리

한국광물자원공사는 2009년 10월 호주 나리브리 유연탄 광산 사업에 진출했다. 공사는 2009년 8월 대우인터내셔널(현 포스코인터내셔널)과 함께 나라브리 광산 운영권자인 화이트헤븐사로부터 탄광 지분 7.5%를 인수했다.

이후 2011년 9월 대우인터내셔널이 호주 유연탄광에서 상업 생산을 시작하면서 해외 광물자원 개발 사업에서 처음으로 가시적인 성과를 냈다. 호주 뉴사우스웨일스주 나라브리(Narrabri) 탄광에서 생산한 유연탄 7만5000t을 일본 발전회사에 수출했다.

나라브리 탄광에서 200㎞ 떨어진 호주 동부권 유연탄 수출항인 뉴캐슬 항에서 일본 화물선에 나라브리산 유연탄을 선적했다.

이곳에서는 향후 27년 동안 연간 600만t의 유연탄이 생산될 계획이었다. 회사는 지분 투자와 장기구매계약을 통해 연간 생산량의 4분의 1인 150만t의 유연탄을 확보해 판매하게 된다.

나라브리 탄광의 매장량은 총 4억7500만t으로 추정되며, 2011년 생산 방식은 굴을 파고들어가면서 단계적으로 석탄을 캐는 굴진채탄(掘進採炭) 방식이지만 2012년 초부터는 300m가 넘는 길이의 채탄 구역을 한꺼번에 채굴해 생산성을 크게 높이는 롱월(Long Wall) 방식으로 바꿨다. 나라브리에 공사가 투자한 돈은 총 610억원인데 회수액은 284억원에 그쳤다.

호주 뉴사우스웨일스주 가네다 탄전지대의 나라브리 탄광./사진=한국광물자원공사

꼬브레파나마

2009년 11월 세계 15위 규모의 대형 구리광산 프로젝트인 꼬브레파나마 구리광산개발 사업은 한국광물자원공사와 LS니꼬동제련 등 한국 기업이 참여했다.

다만 2011년에는 사업에 차질을 겪기 시작했다. 파나마 정부가 광산 제련을 위한 발전소를 석탄화력발전소가 아닌 LNG 발전소로 건설해야 한다며 사업승인을 거부했기 때문이다.

파나마 정부는 친환경적이라는 이유로 LNG 발전소를 선호하는 것으로 알려졌다.

프로젝트의 80% 지분을 보유하고 있는 캐나다의 인멧마이닝(Inmet Mining)은 이미 석탄화력발전소 건립의 구체적인 계획을 세워둔 상태여서, 파나마 정부의 승인거부에 난처한 상황이 됐다.

꼬브레파나마는 총 U$63억의 투자비가 투입된 생산량 기준 세계 10위권의 규모의 대형 구리 광산이다.

2012년 착공 이래 약 8년 만에 선광시설 및 부속 인프라 설비 건설이 완공됐다. 전통적 개발 형태인 노천채광-부유선광 공법을 적용해 동 및 금, 은, 몰리브덴 부산물을 생산한다. 광물자원공사는 이 사업에 총 8521억원을 투자해 1616억원을 회수했다.

꼬브레파나마 광산/사진=한국광물자원공사

니제르 테기다

한국광물자원공사는 지난 2009년 9월 니제르 테기다 우라늄 프로젝트의 지분 5%를 1850만달러에 인수하는 계약을 체결했다.

계약 내용은 현재 테기다 프로젝트 지분 5%를 보유하고 있는 트렌드필드(THL)社의 자회사인사리스버리(Sarisbury) 지분 100%를 광물공사가 인수함으로써 테기다 지분을 양도받는 방식이다.

THL은 이 당시 니제르에 우라늄 3개, 금 1개 프로젝트를 보유하고 있었으며 서아프리카 지역에서 광업 및 컨설팅 전문 기업이다.

테기다 우라늄 프로젝트는 니제르 수도 니아메이 북동쪽 850km 지점에 있다.

결과적으로 공사는 이 사업에 171억원을 투자했지만 한 푼도 회수하지 못했다.

캐나다 캡스톤

2010년 4월, 광물공사는 해외 유망 자원 기업을 대상으로 M&A를 추진한다. 이를 위해 광물공사는 후보 기업들을 선정했고, 3개월 후 캐나다 Quadra FNX Mining사를 우선협상 대상으로 선정한다.

하지만 Quadra사와의 협상이 교착 상태에 이르자 광물공사는 차선으로 캐나다 캡스톤 社와 협상을 진행한다. 2011년 4월 약 2000억 원을 들여 캡스톤사의 지분 10.78%를 인수해 최대주주가 된다.

이와 동시에 광물공사는 캡스톤사의 제안으로 캡스톤사와 함께 캐나다 FWM사가 보유한 칠레의 산토도밍고 구리 광산 지분 100%를 인수하기로 결정한다.

캡스톤사가 신주를 발행해 FWM사의 지분 100%를 먼저 인수하고, 광물공사가 현금으로 2000억 원 가량을 내 그중 30%의 지분을 인수하기로 한 것이다.

하지만 이후 캡스톤사의 주가는 캐나다 주식 시장에서 한 때 90%가 넘게 급락했다. 여기에 광물공사는 캡스톤이 보유한 광물 자원을 국내로 들여오려고 일부러 최대주주 지위에 올랐으나, 현재까지 광물공사는 국내로 단 1g의 광물도 반입하지 않았다.

총 1961억원을 투자한 이 사업에서 회수한 금액은 0원.

칠레 산토도밍고

칠레 산토도밍고 광산은 2011년에 한국광물자원공사가 인수한 지 4년 만인 2015년에야 현지 당국의 환경영향평가를 통과했다. 하지만 공사는 환경영향평가를 통과한 지 겨우 2달 만에 사업 추진을 무기한 연기하기로 한다.

구리의 국제 가격이 애초 예상보다 훨씬 밑돌았기 때문이다. 말 그대로 언제 첫 삽을 뜰 수 있을지 기약조차 없는 상황이 지속했다.

그런 상황에서 광물공사는 결국 산토도밍고 광산을 조기에 매각하기로 결정했다. 한국지질자원연구원의 평가 결과 해당 광산을 계속 가지고 있으면 1500억 원의 추가 손해가 예상됐기 때문이다.

산토도밍고 광산은 문제가 많았다. 인수 계약 한 달 전인 2011년 3월, 광물공사 이사회에서는 인수 검토 과정을 질타하는 이사들의 지적이 잇따랐다. 실제로 한 사외이사는 광물공사의 칠레 구리 광산 투자가 처음임에도 사전 준비가 미흡하다며 "사는 것이 목적이냐. 사는 것이 급급해서, M&A 하는 것이 급급해서 문제점에 대한 평가가 없다"고 질타한다.

바로 이 지점에서 광물공사는 스스로 준비가 미흡하다는 사실을 인정한다. 실제로 산토도밍고 광산에 대한 타당성 조사는 계약 3년 후인 2014년에야 완료됐다.

사실 산토도밍고 광산에 대한 투자는 광물공사의 M&A 목표와도 부합하지 못했다. 애초 광물공사는 '생산 중인' 광산을 보유한 기업을 대상으로만 M&A를 추진했다. 하지만 자신들이 2천억 원을 투자한 캡스톤사의 제안을 받은 후 타당성 조사조차 이뤄지지 않았다. 이 광산에 덜컥 2623억원을 쏟아 부었고, 첫 삽을 뜨지도 못한 채 투자액을 모두 날렸다.

인도네시아 카푸아스

2011년 3월 한국광물자원공사가 창립 이래 처음으로 인도네시아에 진출했다.

광물공사는 국내 현지기업과 합작으로 인니의 유망 유연탄광을 인수했다. 인니의 카푸아스 유연탄광산 지분 90%(광물공 39%, 코린도 51%)를 한국계 현지기업인 코린도사와 공동 인수하는 주계약을 PKP Group과 체결했다.

PKP Group(Persada Kapuas Prima Group)은 4개의 광구로 구성된 카푸아스 유연탄광의 광업권자다.

총 인수금액은 8415만달러고, 이중 광물공사가 2013년까지 3646만달러를 투자했다. 또 지분율에 따라 생산량의 39%(연간 약 160만t)에 대한 판매권을 광물공사가 확보했다. 최대 3360만t 자주개발량을 확보한 것이다.

인니 중부 칼리만탄 깔떵주 카푸아스군 소재 카푸아스 유연탄광은

광물자원공사 무연탄광산 확보지역

자료 : 한국광물자원공사

전체 매장량 규모는 약 2억 4400만t으로 추정된다.

다만 공사가 페이퍼컴퍼니에 속았다는 사실이 2014년에 드러났다. 광물자원공사는 인도네시아 카푸아스에서 유연탄 개발사업을 진행하며 2011년 9월부터 2014년 6월 현재 총 320억 1000만원을 지급했는데 카푸아스 탄광의 2014년 6월 기준 순 자산 가치는 266억 1800만원에 불과한 것으로 드러났다. 사업도 시작하기 전에 53억 9200여 만원이 증발해버린 것이다.

악재는 또 있었다. 공사 측 지분 매도자인 PGWC가 받도록 돼 있는 산림훼손허가를 계약기간인 2014년 6월 이내에 해결하지 못하면서 광물자원공사의 허가 취득 시기가 불투명해졌다.

유연탄 시장 불황에 따라 매도자 측인 PGWC에 허가취득기간 연장 불가를 통보하고 광물자원공사는 계약에 따라 PGWC로부터 인수한 지분 24.9%(292억)에 대한 환매를 내부적으로 결정했다. 이 사업에 카푸아스가 투자한 돈은 총 320억원으로 회수액은 203억원.

남아프리카공화국 잔드콥스드리프트

2011년 12월 한국광물자원공사가 국내에서 처음으로 해외 희토류 광산개발에 나섰다. 공사는 남아프리카공화국 프론티어레어어스의 잔드콥스드리프트 희토류 프로젝트 지분 10%를 인수했다.

남아공 서부 노던 케이프주의 나마콰란드 지역에 위치한 잔드콥스 드리프트 희토류 광산은 매장량이 3900만t에 달하는 대형 광산이다.

공사는 이미 중국 서안과 내몽고 지역에서 희토소재 사업에 진출했지만 직접 해외에서 광산을 개발하는 것은 이 사업이 처음이었다. 계약은 향후 개발결과에 따라 최대 30%까지 지분을 인수할 수 있는 옵션 조건이 포함됐다.

개발사업에는 현대자동차, 삼성물산, GS칼텍스, 대우조선해양E&R, 아주산업 등 5개 국내 기업들이 공동으로 참여했다.

이 사업에 공사는 295억원을 투자했지만 한 푼도 못 건졌다.

잔드콥스드 리프트 광산 위치 (사진=동아일보)

탄자니아 므쿠주

2011년 12월 한국광물자원공사가 탄자니아 우라늄 프로젝트 지분 50%를 인수하고 직접 탐사에 나선다.

광물공사는 호주업체 '이스트 아프리카 리소스'와 50대50 지분 비율로 아프리카 탄자니아 므쿠주 우라늄 프로젝트에 투자하는 계약을 체결했다. 광구권을 갖고 있는 호주 업체에서 50% 지분을 확보하는 형태다.

이에 따라 광물공사는 우선 40억원을 투입해 호주 업체와 2년간 공동으로 우라늄 정밀탐사를 실시한다. 이후 각각 1억달러까지 투입해서 광구 개발비용을 부담하기로 했다.

2012년에는 탄자니아 므쿠주 우라늄 광산 탐사를 위해 사이프러스에 23억원을 투자했다. 다만 이 과정에서 공사가 조세회피처를 경유해 투자해 논란이 제기되기도 했다.이 사업에 총 23억원을 투자했지만 회수액은 결국 없었다.

□ 2008년~2020년 광물자원공사 해외투자사업 매각 내역

사업명	진출 연도	매각 연도	사업 내용	매각 회수액	투자비	진행사항
유서당	'06	'11	중국 (아연) 탐사	13	9	매각 대금 회수 완료
타로보라	'07	'13	호주 (유연탄) 탐사	39	0.8	매각 대금 회수 완료
북방동업	'07	'15	중국 (동) 생산	193	319	매각 대금 회수 중 (매각 대금 잔액 약 66.7백만元 회수 완료 ('21. 2))
카푸아스	'11	'15	인니 (유연탄) 탐사	203	320	조기환매 추진 중 (매각 대금 잔액 약 U$10.5백만 회수 예정)
엔엑스 우노	'10	'16	칠레 (리튬) 탐사	162	183	현지법인 청산 및 자본금 회수 완료
마르코나	'04	'16	페루 (동) 개발	329	456	매각 대금 회수 중 (매각 대금 잔액 약 U$12.5백만 회수 예정)
장가항	'05	'17	중국 (석회석) 개발	10	143	공업재료, 자원재생 매각 추진 중

사업명	진출 연도	매각 연도	사업 내용	매각 회수액	투자비	진행사항
셰익 스피어	'05	'17	캐나다 (동) 개발	0.4	25	사업종료 신고('17.12)
물라벤	'08	'18	호주 (유연탄) 생산	679	591	매각 대금 회수 완료
로즈몬트	'10	'19	미국 (동) 개발	261	395	매각 대금 회수 중 (매각 대금 잔액 약 U$15백만 회수 예정)

* 매각회수액 : 매각을 통한 순 회수액(배당금 등 제외)
* 북방동업 : '15년부터 회수개시(총 매각금액 179.4백만元)
* 카푸아스 : '15년부터 회수개시(총 매각금액 U$28.8백만)
* 엔엑스우노 : 현지법인에 예치한 투자비 회수
* 마르코나 : '17년부터 회수개시(총 매각금액 U$42.5백만)
* 장가항 : 장가항 관련 4개 프로젝트 중 2개(래용광업, 금원개업) 매각
* 로즈몬트 : '19년부터 회수개시(총 매각대금 U$50백만(운영사 대부금 U$12.5백만 상환 포함))

한국전력공사의 해외자원개발은 '흑역사' 그 자체다. 한전이 2007년부터 자원개발에 쏟아부은 돈은 1조4233억원. 이 가운데 479억원의 수익만 남긴 채 2016년부터 매입가의 절반도 안되는 6227억원에 투자자산을 발전 자회사에 매각했다. 일종의 '손절'이다. 그런데 한전의 투자자산을 강제로 떠넘겨 받은 발전5개사들은 최근 해외 광물자원 가치가 급등하면서 콧노래를 부르는 상황이다. 한전만 한치 앞도 내다보지 못하고 투자전략 탓에 막대한 손실을 본 셈이다.

자원 종류	국가명	사업명/투자기간	투자액(운영비 포함)	수익(배당/수수료)	매각액	매각방식
유연탄(5개)	호주	바이롱('10~현재)	4,628	-	305(지분 10%에 해당)	현물출자[발전5사]
	호주	물라벤('08~'16)	182	114	151	현금매각[발전4사](동서발전 제외)
	호주	코카루('07~'16)	69	3	0.2	현금매각[동서발전]
	인니	바얀리소스('07~'16)	6,159	206	4,027	현물출자[발전5사]
	인니	아다로('09~'16)	572	125	507	현금매각[남동발전]

자원 종류	국가명	사업명/ 투자기간	투자액 (운영비 포함)	수익 (배당/수수료)	매각액	매각방식
우라늄 (5개)	니제르	이모라렝 (‘09~’16)	1,731	-	921	현금매각 [한수원]
	캐나다	데니슨 (‘09~’16)	630	-	227	현금매각 [한수원]
	캐나다	EFI ('13~'16)	89	-	23	현금매각 [한수원]
	캐나다	워터베리 (‘10~’16)	122	31	66	현금매각 [한수원]
	캐나다	크리이스트 (‘07~’17)	51	-	-	탐사종료 후 청산
합계			14,233	479	6,227	

자료 : 한국전력공사(2018년, 국회의원 박정 의원실)

한치앞도 못본 한전의 해외자원개발

한전은 지난 2007년부터 호주 바이롱·물라벤·코카투, 인도네시아 바얀리소스·아다로, 니제르 이모라렝, 캐나다 데니슨·EFI·워터베리·크리이스트 등 총 10개의 자원개발 사업에 1조4233억원을 투자했다. 유연탄 광산 5곳, 우라늄 광산 5곳이다.

하지만 투자 과정에서 광산 가치를 뻥튀기 하는 등 부실하게 사업을 추진했다는 지적이 계속 나왔다. 실제 초기 투자 수익도 미미했다. 2016년까지 해외 투자자산의 배당 및 수수료 등 수익은 479억원에 그쳤다.

결국 2016년 12월 산업통상자원부의 에너지 공기업·공공기관 기능 조정계획에 따라 한전은 호주 바이롱광산을 제외한 9개 사업을 접었다. 당시 산자부는 한전의 부채 줄이기 차원에서 9605억원에 사들인 9개 해외자원개발 사업을 6227억원에 발전자회사 5곳에 매각했다.

호주 바이롱광산의 경우 한전이 보유한 지분 중 2%씩을 한국남부발전 · 한국서부발전 · 한국중부발전 · 한국남동발전 · 한국동서발전 등 5개사에 각각 61억원에 강매했다.

단위 : 원

회사명	사업명		투자액	수익	보유 자산가치
한국전력공사	바이롱 물라벤 코카투 바얀리소스 아다로	이모라렝 데니슨 EFI 워터베리 크리이스트	1조4233억	6706억	0
한국수력원자력	이모라렝 EFI	데니슨 워터베리	2084억	484억	0
한국남부발전 한국서부발전 한국중부발전	바이롱 바얀리소스	코카투	1083억	220억	1869억
한국동서발전	바이롱 바얀리소스	코카투	866억	0	1599억
한국남동발전	바이롱 바얀리소스	물라벤 아다로	1733억	417억	2422억

발전공기업 자원외교 실적. 2020년 12월 31일 기준.

자산 강매당한 발전 5개사 수익률 '쑥쑥'

그런데 한전의 해외자산을 강제로 넘겨받은 발전 자회사들이 뒤늦게 대박이 났다. 한국남부발전 등 발전 3사는 호주 물라벤 광산 지분을 한전으로부터 50억원에 매입하는 등 각각 217억원을 투자했다. 이후 2020년까지 220억원씩의 수익을 남겨 원금을 회수했다.

이들 3사가 각자 보유한 이 광산 지분가치는 지난해 말 기준 270억원에 달한다. 또 이들 발전 3사는 인도네시아 바얀리소스 지분을 각각 805억원에 인수했는데, 2020년 말 기준 이곳의 지분 가치도 1599억원(각사 지분 기준)에 달한다.

결과적으로 남부발전, 서부발전, 중부발전은 한전의 투자자산을 매입하는 데 총 1083억원을 투자해 2089억원의 수익 · 보유자산을 확보한 셈이다.

한국남동발전도 이득을 봤다. 남동발전은 한전이 보유한 인도네시아 아다로 지분을 507억원에 매입했다.

기존에 143억원에 매입한 지분을 더하면 총 650억원을 투자한 것인데, 지난해 말 기준 아다로의 지분가치는 553억원으로 올랐다. 남동발전은 배당 · 수수료 등으로 아다로에서만 197억원을 회수했다.

한국동서발전도 한전으로부터 호주 바이롱 · 코카투, 인도네시아 바얀리소스 등 3개 광산의 지분을 866억2000만원에 인수했는데, 2020년말 기준 자산의 가치는 1599억원으로 껑충 뛰었다. 결과적으로 한전은 천문학적인 돈을 들여 해외자원을 확보해놓고서도, 발전자회사에 이를 떠넘겨 대규모 손실을 본 셈이다.

마지막 남은 바이롱 광산 회수액은 0원

2021년 기준 한전이 보유한 해외자원 자산은 호주 바이롱 석탄광산이 유일하다. 이곳에 한전은 2010년부터 2018년까지 4628억원을 투자했다. 누적 투자액은 총 7000억원으로 추정된다. 하지만 바이롱 광산 개발은 인근 농지와 수질 오염이 생긴다는 이유로 환경단체들이 반발하면서 10년째 사업이 추진되지 못하고 있다.

현지 법원도 개발 승인을 기각했다. 뒤늦게 한전은 호주 주정부를 상대로 소송을 걸었지만 2021년에 패소했다. 엎친 데 덮친 격으로 이 광산의 가치도 뚝 떨어졌다.

호주 현지 환경보호단체는 광산개발을 막기 위해 한전 이사회에 서신을 보내 바이롱광산 매입안을 제안했다. 이 단체가 제안한 매입 제안가는 호주달러(AUD) 약 4623만달러였다. 대략 406억8000만원으로 한전 투자금액의 10%도 안되는 헐값이다.

□ 한국수력원자력 연도별 손익 및 자원외교 투자금 총액(2008~2020년)

투자사업명	취득 일자	투자금액	손익*	비고
캐나다 워터베리 우라늄 탐사사업	'08년	147억원	-	탐사중 (비상장지분)
캐나다 데니슨 지분인수 사업	'13년	368억원	-	상장주식 보유중 ▪현재주가 : C$0.84 ('20.12.31기준) ▪취득주가 : $0.76
캐나다 EFI 지분인수 사업	'16년	34억원	-	상장주식 보유중 ▪현재주가 : C$5.40 ('20.12.31기준) ▪취득시 : C$1.99
이모라렝 광산 지분인수사업	'09년	1,535억원	-	개발중 (비상장지분)

* 연도별 손익: 장기사업으로서 탐사 및 개발단계인 현재, 회수액 및 처분액 없음

□ 매각이 완료된 사업: 해당없음

□ 매각 진행중인 사업: 캐나다 EFI 지분인수 사업

- 초기투자금액: 34억원
- 매각 금액: 77억원(2021.2월 매각 완료)
- 손익: + 43억원(매각금액 - 초기투자금액)

현재 : 2020년 12월 31일 기준